LOS INVISIBLES

Una novela
por Jeremiah Moon

LOS INVISIBLES

por Jeremiah Moon
© 2025 Jeremiah Moon
Reservados todos los derechos.

Diseño de portada de Jeremiah Moon
Primera edición
Publicado por
BusinessEd4Kids LLC

www.jeremiahmoon.com
Para consultas sobre derechos, medios de comunicación o conferencias, comuníquese con:

Jeremy@jeremiahmoon.com
Número de control de la Biblioteca del Congreso: 2025919171

ISBN: 979-8-9924448-7-2
Impreso en Wellington, Florida, EE. UU.
Octubre de 2025

EPÍGRAFE

"La memoria cree antes de saber recordar. Cree más de lo que recuerda, más de lo que sabe incluso se pregunta."—*William Faulkner*

DEDICACIÓN

A mis lectores beta: Kevin, David, Shane y Shima, gracias por su apoyo, sus valiosos comentarios y por ser mis primeros fans.

A lo invisible—
aquellos borrados por los sistemas,
olvidado por las calles,
reescrito por el silencio.
Que tus recuerdos perduren.
Que puedan anclar la verdad.

TABLA DE CONTENIDO

PREFACIO

Al escribir *Los Invisibles* me inspiré en las sombras más cercanas a casa: las desapariciones silenciosas de personas sin hogar, las crisis de salud mental barridas bajo las alfombras corporativas y los borrados digitales de una era obsesionada con la optimización.

Con la Florida de 2025 como telón de fondo, esta historia cuestiona la facilidad con la que la sociedad "edita" lo inconveniente, y lo que se pierde cuando aceptamos esas ediciones como si fueran normales. Pero también es un recordatorio: la memoria es resistencia.

Si alguna vez te has sentido invisible, ignorado u olvidado, recuerda esto: tu historia importa.

Esta edición ampliada profundiza en el viaje de Ava, entretejiendo nuevos fragmentos en los pasillos de la memoria, la identidad y la elección. Algunos bucles se cierran. Otros permanecen. Pero cada eco forma parte de la verdad que llevamos adelante.

Gracias por leer—
y por recordar.

—Jeremiah Moon

LOS INVISIBLES

ANTES DEL FALLO

1

Ava Chen

La primera vez que Ava vio a alguien desaparecer, no supo que eso era lo que estaba viendo. Pensó que simplemente se alejaba: una silueta que se desvanecía en la bruma de una mañana en West Palm, absorbida por el ajetreo incesante de la ciudad. Pero la memoria a veces funciona así: no con claridad, sino por condensación, una neblina de lógica. Los bordes se difuminan, pero la presión persiste, pesada, insistente. Su calor, su incorrección; como una canción tocada en un tono equivocado, cuyas notas chocan con el silencio de lo que debería haber sido.

Era julio de 2022, una mañana de Florida que olía a calor horas antes de que el sol arañara los tejados irregulares de West Palm, recortados contra un cielo amoratado por la humedad. El aire se filtraba por las grietas del apartamento como un huésped que se queda más de la cuenta: denso, no invitado, cargado con el peso de una tormenta que se negaba a estallar. El equipo de la ventana vibraba, tosiendo su último aliento, un estertor mecánico que resonaba con el pulso vacilante de la ciudad.

Afuera, las cigarras zumbaban; su ronquido se entrelazaba con el tenue zumbido de una farola que no se había apagado desde la tormenta de la noche anterior, su luz parpadeando como una señal que lucha por conectarse. El aire se sentía cargado, eléctrico, como si el mundo estuviera amortiguado, atrapado en un bucle del que no podía escapar.

Ava estaba descalza en el pasillo, con las baldosas frías bajo las plantas, observando a su hermano Caleb en el sofá. Sentado sin camisa, con las piernas cruzadas en su extraña postura de medio loto —una pose que adoptó desde que el instituto le "desbloqueó el cerebro", aunque ella bromeaba diciendo que solo lo hacía parecer un pretzel con propósito—. La columna se le encorvaba, como si la gravedad lo presionara con más fuerza que a la mayoría, un peso visible doblando los hombros. Un cuaderno de espiral, maltratado, descansaba sobre sus rodillas, con los bordes deshilachados por años de ser llevado, caído y recuperado; sus páginas, testimonio de su negativa a soltarlo. El lápiz bailaba, frenético y preciso, persiguiendo algo que solo él podía ver, cada trazo un intento por capturar una verdad que el mundo seguía reescribiendo.

Había aprendido a no interrumpir esos trances. Romperlos le costaba algo: una chispa, un hilo, lo que fuera que lo atara a sí mismo en una vida empeñada en deshilacharlo. Como periodista en el *Palm Coast Herald*, mientras cazaba firmas sobre estafas inmobiliarias y encubrimientos del ayuntamiento, una vez intentó fisgonear en sus bocetos, pensando que escondían una historia, una pista que revelara secretos. «Estás desperdiciando tu talento», le había dicho años atrás, medio en broma, medio en súplica, con la esperanza atragantada en la voz. Él sonrió —esa sonrisa torcida que añoraba al niño que escondía acertijos en los libros de la biblioteca y que una vez había mapeado las estrellas del patio trasero con una linterna y un sueño—. Ahora, sus ojos estaban ensombrecidos; las manos, temblorosas; y ella se preguntó cuánto quedaba de aquel niño.

—Caleb, vas a quemar ese lápiz —dijo con ligereza, aunque la voz le tembló en los bordes, delatando el miedo a perderlo ante aquello que tiraba de su mente.

No levantó la vista; la atención fija en la página. —Una puerta —murmuró—. De un sueño. De los... buenos.

Ella fue a la cocina —baldosas frías, un inventario breve en la nevera: media botella de café frío, una naranja, dos huevos de ayer— bajo la fluorescencia parpadeante que arrojaba sombras irregulares en la encimera. Miró a Caleb: rizos oscuros enmarañados por la melisa y el sueño; el tenue olor a grafito y a algo metálico, químico, como el aire antes de un cortocircuito. Sus dedos apretaron el tirador; el zumbido del aparato era inestable, como si también él luchara por mantenerse anclado a la realidad.

Se inclinó sobre su hombro. En el dibujo: un arco increíblemente alto y estrecho, de proporciones que desafiaban la física, una estructura que parecía doblar el espacio. Sin puerta. Sin bisagras. Solo líneas superpuestas, entrelazadas, recursivas, retorciéndose como cintas de Möbius sin levantar el lápiz: ilusión de profundidad infinita en la superficie plana. En la base, un símbolo que temería mucho después: $\nabla//\psi$. Sus líneas, afiladas como una cuchilla, latían con un significado que no alcanzaba. El estómago se le anudó: una advertencia visceral. —Es una trampa —dijo en voz baja, como si hablar alto pudiera activarla.

—Es una salida —respondió Caleb, suave pero seguro, con un fuego en los ojos que ella no veía hacía meses.

—Parece ambas —dijo ella, cruzándose de brazos, el corazón acelerado, intentando anclarse a su presencia.

Por un instante, solo el zumbido del aire acondicionado y el rasgueo del lápiz llenaron el silencio, frágil tregua entre ellos y el mundo.

Entonces su sonrisa —suave, cansada, frágil— la desgarró, recordándole quién había sido: el niño que cartografiaba constelaciones; el hombre que susurraba sueños como secretos confiados por las estrellas, antes de que los fármacos le ablandaran el cerebro, antes de que el centro de reinserción social se convirtiera en su dirección, antes de esconder comida bajo la cama. Quiso acercarse, atraerlo, pero su concentración lo amarraba a otra realidad.

—Solías dibujar planetas —dijo, la voz entrecortada, súplica disfrazada de recuerdo—. Ahora… ¿qué? ¿Portales?

Golpeó el borde del boceto con los dedos temblorosos. —Si encuentro este lugar, te envío una postal —dijo, ligero pero cargado de una promesa tácita en la que ella no confiaba.

Se rió, con un nudo agudo en la garganta. Había algo en el dibujo… No: en la **forma** de dibujarlo que la inquietaba; como si lo trazara de memoria, no de imaginación, como si hubiera visto ese arco en un lugar al que ella no podía seguirlo. Se sirvió café; su amargor la sacudió. El frigorífico zumbó demasiado fuerte y luego se apagó: un silencio más pesado de lo debido. El aire parpadeó —no la luz, la realidad— como una mala renderización de videojuego, un fallo que le erizó la piel. Parpadeó y se estabilizó, pero la incongruencia persistió, murmullo en los huesos.

Últimamente, West Palm estaba lleno de anomalías: semáforos desincronizados, cajeros que imprimían recibos en blanco, llamadas que se cortaban a media frase; como si la ciudad olvidara cómo funcionar, sus sistemas deshilachados. Se decía que no era nada: el caos de una reurbanización sobreactivada, promesas de progreso que nunca llegaban. Pero en el fondo sabía que era otra cosa: un patrón todavía sin nombre.

Eso fue una semana antes de que Caleb desapareciera.

La semana de Ava se disolvió en plazos y plazos incumplidos, un torbellino de palabras y pistas como perseguir fantasmas. Trabajaba en una primicia en el *Herald* sobre NeuroWave, una start-up de biotecnología que prometía implantar "empatía predictiva" en entornos de alto estrés: software de moda y patentes a medias, una historia que solía encenderla, empujándola entre solicitudes de patente y mensajes directos de denunciantes. Antes, esas pistas eran su alma; cada firma, un paso hacia su propia prueba de valor. Ahora le sonaban huecas, como perseguir la historia de otra persona. Pasó noches revisando webcams de la ciudad, transmisiones granuladas parpadeando en el portátil, buscando… ¿qué? Una anomalía. Una señal. Un patrón. No lo sabía, pero la necesidad de mirar la carcomía.

La bandeja de entrada, a rebosar: pistas, campañas, el desvarío de un tipo que juraba que el alcalde era un lagarto; correos de su madre, molestia familiar que borró sin leer. Uno destacó, llegado a las 2:37 a. m., la noche en que Caleb desapareció, cuando dormir ya era recuerdo. Sin remitente. Sin rastro de IP. Solo un asunto: **No se ha ido. Solo está optimizado.** El cuerpo la heló; cada línea, una cuchillada en sus defensas:

Cuando reaparecen,

no te recordarán.

Parecerán mejores.

Más limpios.

Pero no son los mismos.

Y tú tampoco.

— ∇//ψ

Sin ataduras. Sin amenazas. Solo el símbolo. ∇//ψ parecía latir en la pantalla aunque no fuera animado; líneas nítidas como una advertencia que no podía ignorar. Se quedó mirando diez minutos, el corazón desbocado, el silencio del apartamento como un peso. Cerró la laptop de golpe, diciéndose que era spam, una broma cruel. West Palm era raro —lo más raro de internet—, un sumidero de conspiraciones. Casualidad, nada más.

Hasta que llamó la Sra. Delgado esa noche, voz aguda e inestable, no su habitual filo. —Ava, es el apartamento de Caleb. Un vecino oyó golpes anoche, luces parpadeando, como si alguien destrozara el lugar. Hoy lo revisé. La puerta estaba cerrada por dentro, pero… él no está.

Ava contuvo el aliento, cortante como cristal. —¿Cómo que no está?

—Usé mi llave. El lugar está vacío. La cama hecha un desastre, el té aún caliente… pero Caleb no está. ¿Llamo a la policía?

Ava agarró las llaves; le temblaban las manos, el metal mordiéndole la palma. —Voy para allá.

Corrió tres manzanas, pulso en la garganta, el aire húmedo arañando los pulmones. La habitación de Caleb estaba intacta: la cama deshecha, sábanas enredadas como si acabara de irse; el cuaderno abierto en el arco, líneas que la llamaban con su profundidad imposible. Una taza de té, tibia aún; el vapor rizándose en signos de interrogación. Nada forzado. Sin forcejeo. El cerrojo activado desde dentro: un rompecabezas sin solución. Una ventana entornada dejaba entrar el aire y nada más. En el alféizar, una marca apenas visible si no sabías mirar: $\nabla//\psi$, rayado en la pintura. Sus líneas pulsaban con una amenaza que no podía sacudirse.

Desaparecido.

La policía llegó una hora después: educados, eficientes, distantes, voces amortiguadas mientras tomaban nota. —Es adulto —dijeron, esquivando su mirada, como si ella también se desvaneciera—. La gente se va. Sobre todo con… antecedentes.

—¿Ninguna nota? —preguntaron, bolígrafos ya en movimiento.

Firmó el informe con la mano temblorosa, el bolígrafo demasiado pesado. Aquella noche reabrió el correo: ya no era spam, sino advertencia; una verdad imposible de olvidar. El símbolo, $\nabla//\psi$, quemado en su mente, una marca de agua en la realidad.

Dos meses después, lo vio.

En la calle Clematis, malabareando víveres veganos carísimos y una cerveza fría que sudaba en el vaso, con el resplandor de la ciudad mordiéndole los ojos, lo vio al otro lado. El mismo andar a zancadas por el que se burlaba de él —"te mueves como un perro callejero con propósito"—. Los mismos hombros encorvados, cargando un mundo que no podía mapear. La misma cicatriz en el pómulo, del porrazo con la tabla a los dieciséis; él decía riéndose que le daba carácter. El lunar bajo la oreja izquierda… Caleb siempre decía que le daba **su** toque. Una marca que nadie podría quitarle.

Pero aquel hombre no era **su** Caleb. Llevaba un blazer a medida; se movía con un propósito que ella no reconocía; sostenía una tableta estilizada que brillaba al sol. Las gafas inteligentes relucían, reflejando un horizonte demasiado limpio, demasiado perfecto: un West Palm que no existía. Era pulido, refinado, como si alguien hubiera pasado el hermano que amaba por un software, limando aristas, defectos, su… **a él**.

Las entrañas le gritaron el nombre. —¿Caleb? —susurró, la voz tragada por el viento y el tráfico.

Cruzó la calle, el corazón en fuga, las bolsas rebotando, el café derramándose por la muñeca, manchando la manga como sangre. —¡Caleb! —gritó, más fuerte, súplica al aire.

Él se detuvo medio paso, un instante demasiado largo, ladeó la cabeza —igual que Caleb—, como quien capta una canción lejana que solo él oye, costumbre que a ella le enternecía. Contuvo el aliento; esperanza y miedo enredados en el pecho.

Luego siguió, más rápido, girando hacia la calle Datura, fundiéndose con el flujo peatonal, sombra deslizándose por las grietas de la realidad.

Ella corrió, la compra rebotando, el café salpicando, las botas golpeando un asfalto demasiado liso, demasiado nuevo. Dobló la esquina.

Desaparecido.

No se perdió entre la multitud. No entró a una tienda.

Desaparecido. Como si la ciudad lo hubiese borrado, dejando un destello de estática donde había estado. Más limpio. Más nítido. Una versión presentable de Caleb que le revolvió el estómago.

Esa noche, Ava no durmió. En la mesa de la cocina, ojos rojos, escribió **Caleb** cuarenta veces en un cuaderno en blanco, apretando el bolígrafo como si la tinta pudiera anclarlo a la realidad, impedir que se hundiera en el vacío que lo reclamaba. Al amanecer, las páginas parecían un hechizo desesperado: cada letra, súplica contra el olvido; un escudo contra la edición implacable de la ciudad. Las manos le temblaban; el bolígrafo resbaló, dejando manchas que parecían fracasos.

A la mañana siguiente, entró en la redacción del *Herald* como un fantasma con misión. Habló con su editor, Dan, con voz firme pese al temblor en el pecho: —Mi hermano desapareció. Lo volví a ver. No me reconoció. No era el mismo.

Dan parpadeó despacio, un desinterés intelectual que olía a colonia barata. Examinó el papel como si fuera una historia que no quería publicar. Ella le tendió la impresión del correo, líneas subrayadas.

Él la hojeó y se encogió de hombros. —¿Algo rastreable? ¿Metadatos?

—No —dijo ella, con un nudo en la garganta.

—¿Fotos?

—No.

—Entonces no es demostrable —dijo, dándose la vuelta.

Aun así, la dejó escribirlo. Dos veces. Ava se hundió en borradores, siguió hilos, trazó cronologías, encontró coincidencias inquietantes: un repunte de denuncias de desaparecidos en West Palm; avistamientos extraños de "regresados": pulidos, perfectos, irreconocibles, con rostros tersos como avatares de un juego que nadie admitía jugar. Marcó patrones, anomalías, el símbolo ∇//ψ pintado con aerosol en contenedores, grabado en chicles de acera, fallando interfaces de apps: una marca de agua en la realidad que nadie más veía. Le temblaban los dedos al teclear; el golpeteo era cuerda salvavidas a algo sólido.

Su segundo borrador incluía fotos de foros, hilos sobre "retornos fantasma": personas que desaparecían y reaparecían "mejores", más limpias, más educadas, más eficientes, **borradas**. Lo imprimió en papel marfil y lo deslizó bajo la puerta de Dan, el corazón golpeándole la caja torácica con la esperanza de abrirle los ojos.

A la mañana siguiente la tomó aparte, voz suave, casi compasiva —más profunda que el desdén—. —Necesitas un descanso —dijo, evitando sus ojos.

—Es real —susurró, pidiendo fe.

—Quizá. Pero no se puede leer.

Recursos Humanos ofreció pañuelos y un folleto de conciliación; sonrisas forzadas, distantes. Ella rehusó terapia, aceptó una baja sin sueldo; no discutió. El silencio, su escudo contra la compasión. Salió con el peso de la credencial en el bolsillo: reliquia de una vida que ya no servía.

En casa, abrió una carpeta del portátil: **Hilos invisibles**. Lo recopiló todo: capturas de foros que se caían a mitad de navegación; imágenes de peatones congelados a la mitad del fotograma; fotos de desaparecidos que habían regresado, avatares suavizados de sí mismos, la mirada vacía de quienes ya no eran. El símbolo ∇//ψ emergía como huella dactilar en la lente de la realidad: en el código de una app de viajes, en un recibo, levemente marcado a fuego en un billete de dólar. Sus líneas palpitaban con una amenaza imposible de ignorar. **No era solo** una marca. **Era la suya**.

Se repitió que era el dolor tejiendo patrones en sombras, dioses en coincidencias —una mente desesperada por sentido—. Pero una noche, la luz del pasillo parpadeó una vez, otra vez, y se estabilizó; el silencio, más pesado de lo normal. En la quietud, lo sintió: la postal. No papel. No tinta. No real. Pero **enviada**: un mensaje de un lugar que no sabía nombrar, un vínculo con Caleb que se negaba a romperse.

El pecho le oprimió; respiró a golpes. Susurró en la oscuridad: —Si aún estás ahí fuera… —No terminó: no hacía falta. Las palabras quedaron suspendidas, una oración sin respuesta, pero viva.

Con los años, Ava cambió la credencial por un delantal en la calle Clematis; su peso, más ligero, menos proclive a marcarla de inestable en un mundo que la prefería callada. Servía café frío, espumaba avena para turistas que pensaban que West Palm prometía, dibujaba *latte art* como si importara —cada espiral, un pequeño acto de desafío contra una realidad en mutación—. Pero las anomalías no cesaron. Un cruce peatonal que cambiaba a **NO CAMINE** a medio paso; su rojo demasiado intenso, demasiado deliberado. Un grafiti con su letra —que nunca había escrito—, garabateado en paredes que ayer no estaban. Una niña con ojos demasiado viejos, mirándola demasiado tiempo, como si viera las grietas que ella no podía nombrar.

Y siempre el símbolo —∇//ψ— reapareciendo como huella dactilar en la lente de su vida, a veces a plena vista, a veces en la segunda mirada; sus líneas, advertencia muda de un mundo en reescritura. Ava lo llamó coincidencia, paranoia, trauma. Pero en el fondo lo sabía: **la edición apenas había comenzado**.

RESIDUOS ESTÁTICOS

2

Ava Chen

La farola frente a su edificio volvió a zumbar.
No fue un parpadeo—
fue un zumbido.
Bajo. Dentado.
Como cables deshilachados intentando hablar en un idioma que casi reconocía.

Ava se detuvo debajo, con la taza de café temblando en la mano. El calor se desvaneció rápido, igual que la calma; solo le quedaron la mancha de espresso en el delantal y el dolor en los hombros.

La ciudad estaba mal esta noche.
Demasiado quieta.
Sin coches detenidos. Sin palmeras susurrando. Incluso su teléfono permanecía a oscuras en el bolsillo: sin *pings*, sin spam, ni siquiera alertas fantasma.

El silencio la presionó como una mano sobre la boca.

No era natural.

Era deliberado.

Los labios se le movieron antes de que la mente alcanzara las palabras.

Contención de la reflexión. Fase uno.

Se quedó inmóvil. Las palabras no eran suyas. O quizá sí, pero venían de un rincón de sí misma que no recordaba.

El zumbido respondió con medio compás de retraso, como si su voz hubiese sido copiada, diferida y reproducida a través de la lámpara.

Ava se obligó a avanzar. No quería ir a casa todavía; no a la silla vacía de Caleb, no a ese silencio que lo recordaba mejor que ella. Caminó por el simple acto de moverse, mintiéndose que así escaparía del dolor. Sabía que no: el dolor tenía las piernas más largas.

El restaurante incendiado la atrajo. Sus restos carbonizados acechaban desde hacía meses, mitad ruina, mitad advertencia. Esta noche, un pulso verde brillaba desde dentro. No era luz de fuego. No era vida. Eran señales de salida de emergencia, persistentes en un sitio al que nadie entraba desde hacía años.

El aire se densificó: ceniza y ozono, olor a tormenta sin lluvia. El letrero de **ABIERTO**, medio derretido, se movía, pero mal; cada parpadeo iba a contratiempo con su pulso.

Las botas rozaron un pavimento demasiado liso, demasiado nuevo. Pulido.

Como si alguien hubiese cambiado el suelo mientras ella no miraba.

Y entonces, **él**.

En el callejón, más allá del contenedor, con las piernas cruzadas y el cuaderno en las rodillas, el lápiz cortando líneas frenéticas como si cada trazo impidiera que el mundo se deshiciera.

Se le hizo un nudo en la garganta. Ese contorno le era familiar. Demasiado familiar.

—¿Maps? —susurró.

La figura alzó la cabeza. El rostro de Eddie Morales, pero demacrado, más joven, con los ojos hundidos y brillantes como cristal roto bajo la luz. Cuando movió los labios, la voz que salió no era la suya. Era la de **ella**.

La suya, devuelta, afilada.

—Las anclas no sostienen si no se las recuerda.

A Ava se le encogió el estómago. El aire se volvió estática en su pecho.

—¿Quién eres?

Una leve sonrisa le cruzó el rostro, llena de tristeza y disculpa. Giró el cuaderno hacia ella.

Su propio espejo del baño le devolvió la mirada.

Dividida por la mitad.

Media cara gritando.

La otra media sonriendo.

—Aún no te has derrumbado —dijo con suavidad, casi amable—. Pero **ella** sí.

El pronombre le revolvió el vientre. Los bocetos de Caleb volvieron de golpe: puertas que no eran puertas, arcos que doblaban el espacio, la promesa que jamás cumpliría: *Si lo encuentro, te enviaré una postal.*

El callejón se ladeó; la sombra y la luz se deslizaron como pintura húmeda sobre cristal. Su cuerpo tartamudeó, pixelado, entrando y saliendo de fase. Intentó hablar otra vez…

—…recordar…

El cuaderno se cerró de golpe. La silueta se desintegró en estática. **Desapareció.**

Solo quedó el zumbido, ahora más bajo, más mezquino, vibrándole por la columna como residuo en los nervios.

Ava retrocedió y echó a correr. Las botas golpearon un asfalto demasiado perfecto para confiar. Cuando irrumpió en su apartamento, los pulmones le ardían, pero dentro todo estaba inquietantemente normal. Demasiado normal.

El sofá hundido donde Caleb siempre se sentaba.

El frigorífico zumbando constante.

El aire oliendo a limpio, a purificado por químicos, como si alguien la hubiera borrado de él.

Entonces lo vio.

Su cepillo de dientes.

Húmedo.

Cerdas abiertas.

Ella no lo había tocado esa noche.

La piel se le heló.

El espejo del lavabo estaba empañado, aunque la ducha no echaba vapor. Se acercó con el corazón golpeándole las costillas.

El reflejo se inclinó primero.

Anticipándola.

Ensayándola.

Los labios se separaron. La voz que salió era suya… pero no.

—**Estafador.**

El corredor rojo abrió temprano. No vayas sola.

Ava tropezó hacia atrás y el hombro chocó contra el marco; el dolor bastó para retenerla una sola respiración.

El cuaderno sobre la mesa —el viejo de Caleb, el que no debía moverse— se abrió solo. Las páginas aletearon en pánico y se detuvieron.

En el papel, palabras grabadas en grafito con un trazo demasiado irregular para ser de ella:

FIRMA DE DERIVA REGISTRADA. ETIQUETA: 001-A — ALERTA DE PRE-PURGA.

Se le cerró la garganta. Quiso gritar, pero se cubrió la boca con la mano.

—Esto no es real —susurró contra la palma. Pero la habitación se doblaba por los bordes; la realidad se tambaleaba como un carrete saltándose fotogramas.

Parpadeó.

Estaba sentada en la cama. Sábanas enredadas en las piernas. La luz de la luna delineando el suelo.

Un sueño. Probablemente.

Miró la mesita. El cuaderno la esperaba. Cerrado. A salvo. Excepto por una esquina doblada hacia afuera. Un marcador.

Se le cortó la respiración. Alzó las manos. Tenía polvo de grafito en las yemas.

No era un sueño.

El silencio de la ciudad vibró levemente, como si aguardara a que ella diera el siguiente paso.

INTERLUDIO: REGISTRO DEL OPERADOR – INTERCEPCIÓN DEL PRECURSOR

Iniciativa Equinox // Subred Mirror Watch – Registro de terminal de campo

ID del operador: ███████-2739
Nivel de autorización: Solo observación // Deriva pasiva
Marca de tiempo: T–037:19:02 Antes de Glitch Alpha

[REGISTRO ABIERTO]

Tema de nota: Chen, Ava
Clasificación de hilos: Candidató de clase observador (sin verificar)
Bandera de comportamiento: Resistencia de microbucles/picos de alerta previos a la deriva

Índice de estabilidad ambiental:97,2% – Dentro de márgenes de ecotensión aceptables

Fuente de interrupción: Desconocido. Posible origen del artefacto.

Notas de campo:

A las 02:18 hora local, el sujeto inició un contacto de vigilancia imprevisto. Nodo de CCTV: Calle Clematis, Zona B-17.

Mirada fija en el pulso de la lente. Duración: 3,4 segundos. Intencional. Sostenida.

Dilatación pupilar inconsistente con las lecturas de *lux* ambiental. Sugiere reconocimiento de espectro fuera del rango visual.

Captura de audio – evento de subvocalización:

[Etiqueta del clip: 42_chen_subvocal.AIFF]

Transcripción (filtrada): *"No me gusta esta versión."*

Destinatario: desconocido. ¿Autodirigido? ¿Externo? La cadencia de la señal se alinea con patrones de llamada-respuesta. No aleatorio.

Inmediatamente después: distorsión de silueta. Brillo de vidrio curvado, no neblina de calor. Registrado como **posible superposición de eco: deriva previa a la fusión (no programada).**

Diagnóstico:

☐ No hay firmas de violación.

☐ No hay fugas de memoria activas.

☐ No hay exposiciones previas catalogadas.

Sin embargo, el paso del sujeto por la Zona B-17 dejó rastro latente de brillo. La física del corredor se distorsiona en su presencia. Los sujetos no deberían notarlo hasta ser indicados. **Ella lo notó antes.**

Recomendación:
Solo etiqueta silenciosa. Sin compromiso. Sin ajuste.
Curva de riesgo: la intervención amplifica la resistencia exponencialmente.

Comentario del operador [cifrado de nivel 3]:
No confío en ésta.
No por hostilidad.
Por conciencia.
Escribe en los márgenes. Oye un zumbido bajo el silencio. Sueña en direcciones que no coinciden.
Sus huellas en B-17 se leen como concreto mojado: permanentes, erróneas, visibles incluso al frotar.
Ella no es solo una candidata. Es una **fractura.**
Las fracturas no se expanden: se parten. Se extienden.
O se derrumbará pronto, absorbida por la presión de la deriva…
o forzará la **reescritura.**
Y el sistema no tolera reescrituras.

[REGISTRO TERMINADO]
Suma de comprobación: $\nabla // \psi$

EL QUE OLVIDASTE

PRÓLOGO

Maps

La ciudad lo recordaba todo… excepto a él.
Catalogaba horarios de autobuses y baches, cuadraba déficits en columnas ordenadas, rastreaba subidas de tensión al instante. ¿Pero a Maps Morales? Lo dejaba escapar. Se sentaba en la misma esquina, día tras día, un hombre intentando sostener un West Palm que se negaba a quedarse quieto, con sus calles cambiando como un sueño que sangra por los bordes.

Sabía que la acera bajo sus pies no era firme. El hormigón temblaba como si estuviera amortiguado. Algunas mañanas se preguntaba si **él** también estaba en *buffering*.

Su lápiz rascaba el cuaderno maltrecho en el regazo. El lomo, remendado con cinta; las páginas, hinchadas por años de aire húmedo. Ya no eran simples Maps: eran capas —bocetos sobre diagramas, grafitis convertidos en coordenadas, márgenes llenos de letras con las que no recordaba haber escrito—. Algunas líneas brillaban tenuemente a la luz del amanecer, latiendo como venas bajo el papel. No deberían ser reales. Pero lo eran: más reales que la ciudad que intentaba olvidarlo.

Hoy, las calles vibraban de forma rara. No en su cabeza: en los dientes. Un empaste viejo vibraba con estática, un segundo pulso golpeándole el cráneo. El horizonte se inclinaba lo justo para retorcerle el estómago: una conspiración dibujada en cristal y hormigón.

Había sido Eddie Morales. Urbanista. Trajes impecables, diagramas impecables, clases de SIG en la biblioteca que adormecían a los niños pero a él le llenaban de orgullo. Creía en los números, en construir una ciudad con lógica. Hasta que una mañana un plano en su escritorio cambió. De la noche a la mañana. Un parque, borrado. Una rampa, dibujada en su lugar.

Se lo mostró a su supervisora. Ella sonrió, desconcertada.

—¿Qué parque?

Entonces lo aprendió: si la ciudad olvidaba, todos los demás también. Y los que recordaban… no se quedaban.

Ahora trazaba el mapa a mano, con los dedos manchados de grafito siguiendo fracturas que solo él podía ver.

Resonaron pasos: una cadencia conocida. Ava. A veces dejaba comida; otras, café. Una atadura que no sabía cómo agradecer. Esa noche se agachó a su lado. Su sombra titilaba de forma extraña, los bordes abriéndose, duplicándose y recomponiéndose, como si el aire no hubiese decidido qué versión de ella conservar.

—Han vuelto a mover el paso de peatones —murmuró.

Maps no levantó la vista. El lápiz le tembló.

—No —susurró—. Trasladaron una **versión** nuestra.

Ava se quedó sin aire.

—¿Versión de qué?

—De aquí —dijo—. De ti.

La mano se le sacudió, ajena a su voluntad. Las líneas se grabaron solas en la página: $\nabla//\psi$. Afiladas. Familiares. La misma marca que acosaba superposiciones, los accidentes de Equinox, cada foto borrada. El pecho se le cerró. Con ello llegó el olor: ozono, soldadura quemada. Como si alguien hubiese chamuscado el aire.

Un autobús silbó en la esquina. Las puertas se cerraron de golpe, demasiado fuerte, demasiado definitivo. Cuando arrancó, Ava bajó la mirada.

Los Maps habían desaparecido. El cuaderno había desaparecido. En la acera solo quedaba una grieta reciente, que latió una vez como un corazón… y se detuvo.

La estática —no: el residuo— le presionó la piel. Pesado. Vivo.

Ava se quedó paralizada, el café enfriándose en la mano, sintiendo cómo la ciudad se transformaba a su alrededor. Caleb había sido la primera pérdida.

Maps no sería la última.

GRIETAS EN LA ACERA

3

Ava Chen

La acera volvió a abrirse: una grieta hendía el hormigón como una herida que la ciudad se negaba a cicatrizar. Ava se tambaleó, el café le salpicó los nudillos y las botas se engancharon en el borde levantado. Un hombre con chaqueta arrugada pasó junto a ella, los auriculares colgándole como cables sueltos; le lanzó una mirada que no registró nada. En West Palm, a nadie le importaba a menos que la sangre manchara el pavimento. Y aun así, solo si los zapatos fueran dignos de mención.

Se agachó para atarse los cordones. Los dedos recorrieron la rotura: demasiado limpia. No asomaba hierba. Ninguna goma fosilizada en la ranura. Una cicatriz sin historia. El calor de las dos tazas le calmó las manos, no la inquietud que le oprimía el pecho.

No era la grieta en sí lo que la perturbaba. Era la traición de la memoria: su cuerpo recordaba esta manzana de otro modo, como si la calle hubiera cambiado mientras dormía. Ocurría cada vez más: pasos de peatones que se desplazaban, semáforos desfasados, puertas que se abrían en el lado equivocado de los edificios. Culpa del dolor, del cansancio, de la marcha de Caleb, de los Maps desvaneciéndose… Pero hoy sonaba deliberado. Demasiado brusco para ser casualidad.

Sobre ella, una valla publicitaria zumbó. Un hombre de traje azul marino sonreía ante un horizonte sin suciedad, sin grietas, sin cicatrices.

Reimagina tu potencial.

La sonrisa era suave. Artificial. El tipo de rostro que se obtiene al borrar defectos. Ava se dio la vuelta; las botas rasparon un asfalto que parecía demasiado nuevo.

El callejón solo se reveló cuando casi lo había pasado. La estática espesaba el aire; el ozono se mezclaba con el hedor a cableado quemado.

Eddie "Maps" Morales estaba encorvado sobre una caja, el cuaderno abierto en las rodillas. El grafito le manchaba los dedos. Su sombra se inclinaba contra la pared, extendiéndose en ángulos que el sol no podía explicar.

—No te he visto en unos días —dijo Ava con cautela.

La voz de Maps sonó áspera, pero firme.

—No me apetecía estar donde me esperaban.

Ella le ofreció una taza.

—Con crema extra.

La olió y dio un sorbo.

—Canela otra vez. Nunca cambias.

Ava frunció una sonrisa.

—Sigues respirando. Sigues tomando café.

Por un instante, algo se le suavizó en la cara. Una leve sonrisa.

—Supongo que ya somos dos.

El alivio le inundó el pecho.

—Han vuelto a cambiar el paso de peatones —murmuró él, apuñalando la página con el lápiz. Un círculo rojo le devolvió la mirada, con la cuadrícula torcida. A un lado: $\nabla//\psi$.

Ava frunció el ceño.

—¿Cómo lo sabes?

—Mis huesos recuerdan las costumbres viejas —dijo—. Mis ojos señalan la mentira.

Se le aceleró el pulso.

—¿Alguna vez dices una palabra y, de repente, te suena… incorrecta?

Maps rió seco, sin humor.

—*Déjà vu* a la inversa. No están creando nada nuevo. Solo sobrescriben lo que ya teníamos.

Ella dudó.

—¿Quiénes son?

—Curadores. Arquitectos. Equinox… como se llamen esta semana. —Chasqueó el lápiz; sin inmutarse, sacó otro del bolsillo del abrigo—. Da igual. Editan. Siempre es más fácil borrar que construir.

Las palabras la hirieron más de lo que esperaba.

Se inclinó, el café calentándole las palmas.

—Suena a locura.

Él alzó la mirada y no había desdén en sus ojos, sino algo más sólido: convicción.

—También la memoria, hasta que se desvanece.

El cuaderno mostraba una puerta dibujada con geometría imposible. **Nodo Equinoccio — Entrada a la Trampa.**

—¿Por qué dibujar esto? —susurró.

—El papel no se miente a sí mismo —dijo. El tono se le volvió áspero, pero al mirarla de nuevo se suavizó—. Tú también lo estás viendo, ¿verdad?

Se le hizo un nudo en la garganta.

—Creo que sí.

—Entonces no te quedes mirando. **Fíjalo** —dijo, más suave ahora; la grava, hecha advertencia—. Antes de que resbale.

El vapor de su taza se quedó allí demasiado tiempo, enroscándose en el aire como un destello que pretendía ser aliento.

—¿Alguna vez piensas que tú eres el problema? —preguntó ella.

La risa de Maps se quebró, quebradiza.

—Antes. Pero el sistema está demasiado limpio para accidentes como el mío. —La sostuvo con la mirada, voz tranquila—. Ustedes... la gente como ustedes no solo falla. Ustedes **cambian**. Y los cambios importan.

Le dolió el pecho por la forma en que lo dijo, como si ya supiera cuánto perdería.

En la acera, la sombra del callejón se extendía más allá de lo que permitía el sol. Parpadeó. No retrocedió.

De vuelta en la calle, la valla volvió a fallar. La misma sonrisa. Palabras nuevas:

No los viste antes.

No los reconocerás ahora.

El pulso se le disparó. Un parpadeo después, el anuncio se reinició. Nadie más lo notó.

Abrazó el café con fuerza, aceleró el paso. La acera temblaba bajo ella como si el recuerdo mismo se estuviera quebrando.

El teléfono vibró. En la pantalla apareció una aplicación que no recordaba haber instalado:

Actualización disponible: Optimización de memoria.

La apartó con el pulgar tembloroso. Pero el icono permaneció.

∇//ψ.

Desvaído. Esperando.

PULSO RESIDUAL

4

Caleb Chen (Variante Echo)

Caleb no había soñado en semanas. O quizá sí, pero los sueños no eran suyos. Llegaban ya fragmentados: bocetos irregulares que llenaban el cuaderno antes de que despertara lo suficiente para reclamarlos, palabras garabateadas en grafito que se curvaban como advertencias. Algunas mañanas se encontraba con un lápiz en la mano que no recordaba haber levantado. Otras, despertaba de pie, en medio de la habitación, con el corazón desbocado y el sudor enfriándose en el pecho, como si hubiera estado huyendo de algo que no estaba allí.

Los temblores siempre llegaban primero. Antes pertenecían a la abstinencia: compañeros familiares y desagradables que Ava lo ayudó a atravesar, sujetándole las manos cuando nada más podía. Ahora habían vuelto, pero distintos. No era el dolor punzante de la ausencia ni el ansia hueca de la química, sino un temblor del aire mismo, deslizándose por sus huesos como estática. Ya no era solo él. Era el mundo.

Se sentó al borde de la cama, mirando el suelo hasta que las tablas se le fundieron en una única línea temblorosa. El cuaderno yacía abierto en la mesa del otro lado, el lomo maltratado y agrietado. Un dibujo nuevo ocupaba la página: un pasillo sin fin, paredes curvadas hacia dentro, flanqueado por puertas sin tiradores. Buscó en la memoria el momento en que lo había dibujado. Nada. Solo el eco del grafito rascando el papel y un susurro en su cabeza que no era suyo.

Se pasó las manos por la cara; los dedos fríos contra los ojos. Quería creer que el agotamiento bastaba para explicarlo. Demasiado sueño. Demasiado café. La ausencia de su hermana abría un hueco tras las costillas que ninguna sustancia llenaba. Pero la verdad latía más hondo. La sentía en el silencio entre los segundos.

El espejo del lavabo lo atrapó al levantarse, acercándolo con el peso del reconocimiento. El reflejo le salió al paso con su postura habitual: hombros encorvados, pelo revuelto, la pequeña cicatriz en la ceja por aquella caída en patineta casi olvidada. Familiar. Casi. Pero los ojos no eran suyos. Eran más viejos. Más pesados. Lo miraban con la tristeza de quien ya perdió más de lo que podría imaginar.

Caleb se aproximó. El reflejo dudó antes de moverse: una fracción de segundo, suficiente para voltearle el estómago. Alzó la mano, la palma contra el cristal, esperando la frialdad. En cambio, el calor le inundó la piel. Un pulso débil latía bajo la superficie, firme, vivo. El espejo tenía latido.

Retiró la mano de golpe, el corazón martillándole. Respiró a tirones.

—No. No, no, no… —La palabra sonaba a mantra, pero no tenía poder.

Se dio la vuelta, frotándose los vaqueros con los dedos temblorosos. Ava se los habría mantenido quietos. Solía sentarse con él cuando venían los temblores, rozándole los nudillos con el pulgar, aferrándolo con un amor tenaz que se negaba a ceder. Sin ella, el temblor era solo suyo.

Sobre la mesa había algo peor que el espejo: una fotografía.

No debería existir. Ava, sorprendida por la risa. Cabeza hacia atrás, ojos brillantes, una alegría desbordada como no le veía en años. Los bordes, arrugados, como doblados y desdoblados cien veces. La tomó, sintiendo la textura del papel: demasiado real, demasiado deliberada.

¿Cuándo se tomó? Tenía el pelo más corto. La iluminación era incorrecta, dura como nunca lo había sido en su apartamento. La miró fijamente, intentando fijarla. Cuanto más miraba, más parpadeaba: un pendiente aparecía y desaparecía; la línea de la mandíbula se afilaba y luego se suavizaba.

Pero la risa permanecía. Podía oírla, no a través del recuerdo, sino viva, latiéndole en la cabeza como si la fotografía hubiera robado el sonido del pasado.

Caleb presionó el pliegue con el pulgar. El papel vibró. El estómago se le volcó. —¿Es mía? —susurró—. ¿O de ella?

La habitación zumbó en respuesta. No el frigorífico. Ni las luces. El aire. Una vibración leve le recorrió las costillas hasta los huesos, y cada respiración se le quebró al ritmo.

Estática disfrazada de silencio.

Le recordó las noches de desintoxicación: el cuerpo devorándose, los oídos llenos de fantasmas sonoros que no cesaban. Solo que esto no era abstinencia. Era el mundo desmoronándose a su alrededor.

El teléfono vibró sobre la encimera. Sin número. Sin nombre. Solo un mensaje:

El pasillo rojo parpadeó.
Sujeto: Ava Chen.
Ancla registrada.
Sincronización de hilo residual.

Se quedó inmóvil, clavado a las palabras. Eran disparate. Sin embargo, cada línea le pesó en el pecho. Ava. Siempre Ava. Su ancla y su perdición: la atadura que lo arrastró por el infierno y que aún se aferraba a una ciudad decidida a olvidar.

Apretó el teléfono hasta clavarse los bordes en la palma. El dolor era prueba. Prueba de que ese momento le pertenecía, y no un reflejo robado.

El pasillo fuera de su puerta se extendía de forma incorrecta.

Salió con cautela. La luz, demasiado intensa. El aire, demasiado quieto. Contó puertas. Una, dos, tres… quince. Su edificio tenía seis. Volvió a contar, desesperado por encontrar un error, por culpar al cansancio. El número no cambió.

El papel pintado se despegó al rozarlo. No era yeso, sino tinta. Las letras se desplegaron en palabras. La caligrafía de Ava se retorció en coordenadas que no podía leer; se arrugaban bajo el tacto, vivas, acusadoras. El pecho se le apretó. Un sabor metálico le llenó la boca, afilado como sangre.

Parpadeó.

El pasillo se movió.

Una alfombra raída bajo los pies; olor acre a moho, fluorescentes zumbando como insectos moribundos.

Parpadeó otra vez.

Paredes blancas y estériles. Puertas de acero marcadas **B-7**, **B-8**, **B-9**. La manga: cuadros, negro, cuadros otra vez.

Y siempre la fotografía en el bolsillo. Ava riendo. Ava severa. Papel en blanco. Cada versión lo cortaba distinto, negándose a asentarse.

Caleb apretó la foto contra el pecho, como si sostenerla así impidiera que el mundo se moviera. La respiración se le enredó en la garganta.

La última puerta palpitaba con luz tenue.

Llamó.

El eco lo tragó, reverberando demasiado hondo, demasiado tiempo, como si el pasillo mismo fuera un hueso hueco. El sonido no se desvaneció: se internó.

La puerta se abrió.

El pasillo de más allá no era un lugar. Eran **todos**.

Luces de oficina que se extendían hasta el infinito. Túneles de metro con condensación goteando. Una sala de hospital con camas abolladas por cuerpos que ya no existían. El dormitorio de su infancia pintado con los colores de una vida apenas recordada.

Cada uno se fundía con el siguiente sin transición, como si el mundo no pudiera decidir en qué recuerdo anclarse.

Caleb apretó la fotografía con más fuerza. Ahora estaba en blanco. Solo papel. Le dolía el pecho como si la foto le hubiera robado a su hermana otra vez.

Se tambaleó hacia dentro, y cada paso lo arrojó a una versión distinta del corredor. Baldosas que se volvían hormigón. Alfombra que mutaba en linóleo. El aire pasando del desinfectante de hospital al óxido del metro y al polvo de la infancia.

El silencio se volvió más denso. Entonces la voz de Ava irrumpió. Débil. Cierta.

La memoria no es solo lo que guardas. Es lo que te sostiene.

La garganta se le cerró.

Ella lo había dicho una vez. O quizás no. Tal vez fue la Ava de la foto, o la que reía en una línea temporal que ya no le pertenecía. Quiso creer que era ella. Quiso creer que seguía buscándolo, que aún le apretaba las manos temblorosas.

Las lágrimas le ardieron en las comisuras. Aun así, se internó más en el pasillo, en su pulso.

El mundo cambió de nuevo.

La foto se le escapó de los dedos y cayó sin hacer ruido.
Y **el pulso** se quedó con él.

NO SOLO SE FUE

5

Ava Chen

El callejón estaba vacío.
Sin manta. Sin carrito. Sin Maps.

Ava se quedó de pie, apretando el vaso de papel hasta doblarle la tapa, mientras el vapor ascendía como un alma que se escapa. El lugar donde Eddie "Maps" Morales siempre había estado —cuerpo encorvado, lápiz frenético— estaba vacío. No abandonado. **Borrado.**

Sin huellas en la suciedad. Sin trozo de lápiz mordido. Sin cuaderno de páginas hinchadas. Nada.

El pecho se le cerró.

La gente no desaparece **dos** veces.
Primero Caleb. Ahora Maps.

El vapor le picó los ojos cuando se dio la vuelta y obligó al cuerpo a moverse, aunque el estómago le gritaba que se quedara, que escarbara hasta encontrar algo que la ciudad **no** hubiese pulido.

El café estaba a una cuadra, pero el trayecto se estiró como si hubieran copiado y pegado mal las calles.
Tecleó el código de la puerta trasera; los dedos le temblaron más de lo que justificaba el clima.

Dentro, todo zumbaba con una normalidad **demasiado** perfecta. La máquina de espresso funcionaba sin fallos. Las bombillas del techo parpadeaban con su zumbido de siempre. La lista de reproducción —el "jazz lento tan animado que vendería magdalenas" de la gerencia— sonaba con su alegría falsa. Todo resultaba irritante, como si el mundo insistiera en aparentar cordura solo para fastidiarla.

Donnie estaba en la amoladora, delantal manchado y pelo engominado, demasiado arreglado para la hora. Alzó la vista.
—Parece que viste un fantasma, Ava.

—Sí —dijo automáticamente, con la voz apagada—. No dormí.

Se encogió de hombros y apisonó el café en el portafiltro.
—¿Quieres un trago?

—No. —Dejó su taza en el mostrador, intacta.

Él la miró un segundo más de lo habitual y añadió:

—Ese tipo no ha pasado.

El pecho se le encogió.

—¿Qué tipo?

—Ya sabes. El de atrás. Capas de ropa. Libreta. Olor a ácido de batería. —Arrugó la nariz—. Acampaba en ese callejón como si estuviera bajo control de alquileres.

—**Maps** —dijo, más cortante de lo que quiso—. Eddie Morales.

Donnie entrecerró los ojos, como si el nombre rebotara.

—Si tú lo dices.

—Lo viste. Le diste de comer. Un sándwich. —Se inclinó, empujándolo—. El mes pasado te reíste y dijiste que tenía aire de científico loco.

Donnie negó, sin comprender.

—Estoy bastante seguro de que lo recordaría.

El desdén casual dolió más que un grito.

—Lo viste esta semana, ¿verdad?

Vaciló. Luego se encogió de hombros.

—No. La gente así… le gusta seguir adelante. ¿No?

Ava se quedó rígida. La frase sonaba demasiado limpia, como de guion. **La gente se va.**

Por medio segundo, algo dentro de ella casi asintió: se imaginó a Maps alejándose, el carrito chirriando, buscando un rincón más tranquilo. La gente hace eso. Vagabundea.

Se le revolvió el estómago.
No. Él no. Él no se va.

El pensamiento volvió como un pulso: feroz, desafiante.

—No —dijo en voz alta, demasiado brusca—. Ese callejón era suyo.

Los ojos de Donnie destellaron inquietos, pero se apagaron al volver al piloto automático de barista.
—De acuerdo —dijo, girándose hacia la máquina.

El mismo tono que usó la policía con Caleb.
La gente se va. Sobre todo con… una historia.

En su descanso, Ava salió de nuevo. El callejón seguía desierto.

La mano le tembló al abrir la galería del móvil. Prueba. **Ella tenía prueba.**
Hace dos semanas: Maps agachado en su caja, cuaderno abierto, vapor saliendo del café que ella le había llevado.

Tocó la imagen. Parpadeó.
Ahora no mostraba nada: solo el callejón. Hormigón y un contenedor. Sin Maps.

El pecho se le encogió.

Abrió otra, "hace tres meses": Maps, riendo, lápiz entre los dientes.
Amplió, buscando la curva de la boca, el brillo de los ojos.
Los píxeles se deformaron. La risa se disolvió en estática. Solo quedó una taza en el suelo.

La garganta se le cerró. Los ojos le ardieron. Se apoyó en la pared, el teléfono temblando en la mano.

Alzó la vista, deseando que alguien —cualquiera— viera lo que ella veía.
Pero el mundo siguió: palomas peleando por una corteza; un ciclista maldiciendo; una sirena que se apaga.
Normal. Excepto ella.

Esa noche, tras cerrar, se quedó un rato más. El café se vació. Casey, la nueva, se fue temprano a clase. Donnie echó llave y murmuró un distraído "Hasta luego".

Sola, Ava se deslizó tras el mostrador y abrió la vieja terminal de seguridad. Las cámaras eran malas —blanco y negro granulado, marcas de tiempo con minutos de retraso—, pero **recordaban**. Las máquinas recuerdan.

Retrocedió dos noches. Maps debía estar allí, escondido en su reino de callejones.
Nada. Solo hormigón vacío.

Apretó la mandíbula. Sabía dónde mirar, el ángulo exacto. Rebobinó más: dos semanas. Tres.

Los Invisibles

Cada fotograma mostraba el mismo hueco en blanco. Como si **nunca** hubiera existido.

El pulso le martilló. Quiso destrozar el monitor para obligarlo a soltar la verdad. En cambio, avanzó de nuevo hasta la semana pasada.

Y allí, **ella** entró en el callejón: pelo recogido, cuello del abrigo subido, dos tazas en la mano.
Se vio agacharse. Extender una mano. Hablar. Reír. Asentir.
Pero el espacio frente a ella estaba **vacío**. No le daba café a nadie.

La respiración se le volvió superficial, entrecortada.
La grabación se repitió en bucle, repitiendo sus gestos al aire.
La boca formaba palabras que ella no podía oír.

¿Se lo había imaginado?

Se clavó las uñas en las palmas hasta dejar medias lunas.
—No —susurró—. No. **Él estaba allí.** Estaba allí.

Su propia voz sonó pequeña en el café vacío.

Cuando por fin se fue, la calle frente a su edificio se sentía alterada. La farola zumbaba con demasiada frecuencia. La muesca del tercer escalón había desaparecido. La ranura del correo se deslizaba más suave que nunca. Pequeñas modificaciones, invisibles salvo para quien ya se estaba gastando.

¿Lo estoy olvidando mal? ¿O lo estoy recordando bien?

Dentro, no encendió las luces.

El cuaderno la esperaba en la encimera.
Maps. La misma portada maltratada. La misma mancha de café.

El corazón se le detuvo. Ella no lo había traído. No lo había tocado.

Estaba **abierto**. Los bocetos eran precisos, deliberados. La fecha de hoy, escrita con letra pulcra.
Su apartamento, trazado en líneas negras nítidas: muebles a escala exacta; incluso la pata coja de su mesa, perfecta.

Se le entumeció la mano.

Miró la estantería. Otro cuaderno, allí, polvoriento, inmóvil.
Volvió la mirada. El ejemplar de la encimera había **desaparecido**.

Ava apoyó las palmas en el lavabo, respirando a golpes. El espejo la atrapó… y **parpadeó primero**.

El cuerpo se le bloqueó.
Se echó agua en la cara; el sonido resonó demasiado agudo, demasiado limpio.

A su espalda, un susurro rozó el aire: una sílaba. Se fue antes de poder captarla.
Se giró.

El cuaderno estaba abierto de nuevo.
Tinta roja grabada en el plano:

TE ACORDASTE.

Los Invisibles

Los pulmones se le congelaron. El pecho le tembló.

Esto no era dolor. No era paranoia.
Era un **sistema**. Preciso. Frío.
La realidad se reescribe, **una ausencia a la vez**.

Y si Maps podía desvanecerse con tanta limpieza... ¿qué oportunidades le quedaban a ella?

INTERLUDIO: CALIBRACIÓN DE BUCLE

Operador // Nivel 3 // Sin nombre

[Inicio del registro interno // Hilo de reflexión: AVA-88A // Nivel de autorización: Beta de nivel Sombra]
Marca de tiempo:ΔT+0004:18 desde la divergencia inicial del corredor
Observación: Ventana abierta. Sujeto inestable. Se detectó distorsión de bucle.

No debería haberse resistido al detonante de amnesia. No tan pronto.

Sujeto: Ava Chen, variante 88A. **Retención** confirmada tras la exposición a la Fase Uno. El evento de **floración onírica** se desencadenó de forma prematura. La **deriva de reflexión** superó el 0,3 %.

Los Invisibles

El consenso fue dejar que se consumiera.
Estaban equivocados.

Ella **conservó**.
Ella **siempre** conserva.
No debería haberlo hecho.

La he seguido desde que el **Hilo 42** colapsó, cuando se **autoeliminó** de una fusión. Incluso entonces, era recursiva. Receptiva a la retroalimentación. Desafiaba los bucles.

Sincronización de bucle: incompleta.
Refuerzo: sospecha de **hemorragia externa**.

Hay otro nodo activo en su rango. Identidad desconocida.

¿Mi apuesta? **Caleb.** No el Caleb de este hilo, sino uno de los **fantasmas**. Una variante que no colapsó del todo.

Siempre son los que tienen **deriva emocional**. Se anclan sin querer. Se sincronizan con el dolor, la culpa o un recuerdo inacabado. Ava es de ese tipo. Peligrosa por la forma en que sobreviven las cosas blandas.

Los números lo confirman: su **retardo de reflexión** cayó por debajo de **0,5 s**. Eso significa que ahora **los ve**. No directamente. Aún no. Pero basta.

Basta para cuestionar otra vez las grietas de la acera.
Basta para seguir sus propios ecos.

Recomendación de contención: retrasar ediciones posteriores. Introducir variables de **ruido**. Interrumpir el ciclo de **sueño**.

No durará. Nada de esto dura.
Pero cuanto más esperamos, más se enreda. Y si se reencuentra con la versión equivocada —**Malik, Caleb o ella misma**—

Bien.

Los espejos se agrietan en más de una dirección.

[Fin del registro // Firma del operador: redactada // Observación en curso]

ESTÁTICA EN EL SISTEMA

6

Ava

Ava no durmió esa noche: el cuerpo rígido sobre el colchón hundido, los ojos siguiendo las grietas del techo que parecían moverse en la oscuridad, como venas latiendo bajo la piel de West Palm. El zumbido del frigorífico era un gruñido bajo, inestable, entrelazado con el tictac irregular del reloj de pared: más lento, luego más rápido, luego tartamudeando, un latido con arritmia, como si el tiempo mismo fallara. En algún momento, la luz parpadeó, una traición fugaz. Las lámparas se atenuaron, el frigorífico tosió, los electrodomésticos se reiniciaron en un coro de clics suaves. El reloj digital junto a la cama parpadeó entre un borrón de números, deteniéndose en **las 3:17**, su rojo demasiado intenso, como una advertencia grabada en luz. La pantalla del teléfono se encendió sin que lo tocara; el icono del wifi bailó: se cayó, reapareció, volvió a caer.

Estática en el sistema, se le escapó de los labios, inesperado, cargado con una verdad que no podía nombrar.

Estática en el sistema. Lo dijo en voz alta, probando su peso; las palabras parecían prestadas, como si hubieran salido de otra boca, de otra vida que no recordaba haber vivido.

Por la mañana, el apetito había desaparecido, sustituido por una tensión que vibraba en los músculos, un eco que intentaba tomar forma. Necesitaba saber; no solo qué había pasado con Maps, con Caleb, con el cuaderno, sino **sobre la ciudad**, sobre una realidad que antes se sentía sólida y ahora se deformaba como cartón mojado bajo sus pies. Los pensamientos zumbaban, demasiado rápidos para atraparlos, como un enjambre encerrado en el cráneo. Caminaba por el recuerdo de la vida de otra persona: cada paso, una traición al mundo que creía conocer.

Llegó al café antes de abrir. El sol arañaba el horizonte, luz reticente, como si no estuviera seguro de querer revelar los secretos de la ciudad. El neón parpadeaba; su zumbido era un eco tenue de la amenaza de la farola de la noche anterior. Donnie ya estaba allí, apilando tazas en torres precarias, una pirámide de porcelana desafiando la gravedad; las manos se le movían con el ritmo despreocupado de quien ignora los bordes cambiantes de la ciudad.

—Llegas temprano —dijo, alzando la vista—. ¿Estás bien?

—Necesito revisar la cámara del callejón —respondió Ava, tensa—. Imágenes de seguridad.

Donnie frunció el ceño, limpiándose las manos en el delantal. —¿Nos robaron o algo?

—Cosas raras —dijo, intentando serenarse—. Probablemente nada.

Se encogió de hombros y le pasó la tableta de acceso, la pantalla manchada de posos. —Adelante. ¿Apago la música?
—No. Déjala.

Él *lo-fi jazz* llenó la sala, metálico desde los altavoces, sus notas rasgándole los nervios como estática trenzada en una melodía. Se deslizó a la trastienda y cerró la puerta; el aire olía a cartón y sirope de canela, una dulzura empalagosa que no le pertenecía. Una sola fluorescente zumbaba arriba, parpadeando como si no decidiera quedarse encendida, taladrándole las sienes con cada pulso. La tableta despertó con pereza, como dudando de lo que encontraría; la pantalla de inicio de sesión parpadeó, se congeló, y la dejó entrar **sin contraseña**: un fallo que le revolvió el estómago.

Saltó a la grabación de ayer: **6:00 a. m., 7:00, 8:15**… ahí. Su propia figura cruzó el callejón, café en mano, congelada en la pantalla mientras su yo real contenía la respiración. Avanzó: **9:00, 9:05, 9:10**. El callejón vacío. Luego, mal. La marca de tiempo saltó: **9:10:38 → 9:12:41**. Dos minutos borrados: un hueco en el tejido de la realidad. El pulso le martilló. Rebobinó, reprodujo. A las **9:10:37**, la pantalla estalló en un fotograma de estática, nítido como un grito.

Y allí estaba: una silueta. **Maps**. Envuelto en tela, encorvado, medio visible; el borde deshilachado de su bufanda, inconfundible. Desapareció en un abrir y cerrar de ojos. *Se perdió un fotograma.* La respiración se le cortó; se inclinó más, la frente casi rozando la tableta, imprimiendo la imagen en la memoria como una marca. El instinto periodístico despertó: la memoria muscular de una vida que había intentado enterrar. Cinco años antes habría tenido un borrador para el almuerzo: *Escándalo de limpieza urbana. ¿Alteración de la cronología? ¿Borrado algorítmico?*

Cubrió estafas inmobiliarias, desaparecidos que denunciaban, concejales blanqueando votos con lagunas de zonificación; sus firmas eran lo bastante afiladas para desmentir mentiras. Pero no importó. Su última portada quedó sepultada por una adquisición corporativa el mismo mes en que Caleb **sufrió una sobredosis** en un centro de reinserción que la ciudad fingía no existir. *Sobredosis*. La palabra cambió mientras la pensaba; los bordes se le difuminaron, las fechas se negaron a asentarse, como un recuerdo usado hasta vaciarse. La apartó, como siempre, pero esta vez se le clavó, más afilada.

El delantal y el cuaderno habían reemplazado la credencial de prensa: más seguro, más silencioso, con menos opciones de romperla otra vez. Pero esto no era una historia. Era una **advertencia**, latente como el símbolo ∇//ψ que la hostigaba en sueños. Le temblaron las manos al exportar el material corrupto a una memoria USB; la guardó en el bolso como si fuera radiactiva: su peso, un lastre hacia una verdad que nadie más veía.

De vuelta en barra, Donnie le sirvió un café sin preguntar, mirándola como si hubiera entrado por una puerta que él no quería reconocer.
—¿Estás bien? —dijo con cautela.
—Solo es un fallo raro —forzó ligereza—. Probablemente haya que parchear el software.

Asintió, pero en la mirada brilló una duda, como si intuyera grietas que ella aún no podía nombrar. En un descanso de la prisa, Ava abrió la señal del transporte público en el móvil; el vídeo era granulado, sombras parpadeando demasiado para la hora del día. Saltó a **las 9:11 a. m.** Llegó un autobús. Un hombre bajó con **la bufanda de Maps**: borde deshilachado, dos borlas menos, una mancha descolorida con forma de café. El estómago se le encogió. Pausó, amplió. Los detalles eran inconfundibles. Repitió la escena a cámara lenta: él vaciló, giró hacia el callejón y salió de cuadro, como si la ciudad lo tragara otra vez.

La garganta se le cerró; los ojos se le llenaron. **Él estaba allí, después de que ella se fue.** Imprimió el fotograma y lo pegó en el cuaderno; las páginas estaban cargadas con la ausencia de Caleb. Al abrirlo, se habían movido: el grafito marcaba una página nueva, oscura, fresca. Un mapa de transporte: la estación rodeada con trazos gruesos, subrayada con… **∇//ψ**. Debajo, una frase grabada con tanta fuerza que el papel se abolló:

Fase uno completada. Protocolo de deriva activo.

El papel estaba tibio y el grafito brillaba bajo la luz del café: un pulso imposible de ignorar.

Esa noche, hizo una búsqueda inversa de la bufanda. Nada. Subió el fotograma dañado a un restaurador de IA. El sitio se congeló, se reinició, **la imagen desapareció**. Lo intentó de nuevo: otro dispositivo, otra red. El mismo resultado. El portátil vibró una vez y se apagó, sumiendo el apartamento en un silencio absoluto; la oscuridad la apretó como un ser vivo. Se quedó rígida, con el peso del portátil anclándola.

Lo tomó con manos temblorosas. En la contraportada, con una caligrafía inquietantemente parecida a la suya:

Nunca se suponía que pudieras ver tan lejos.

El pecho se le encogió. Cerró de golpe. El teléfono se encendió sobre la mesa, primero en blanco, luego desplazándose:

RECONOCIMIENTO CONFIRMADO.
PRESENTADOR: CHEN, AVA (CLASE NULA).
ESTADO: EN OBSERVACIÓN.

Lo dejó caer; el plástico le quemó la palma.

Dispuso la memoria USB, la foto y el cuaderno sobre la mesa de la cocina: una constelación de pruebas que nadie más recordaría. Antes, escribía la verdad **para** la ciudad. Ahora luchaba por recordarla **de** la ciudad. Pasó páginas buscando una en blanco. En cambio, una lista: nombres, la mayoría tachados. Uno solo quedaba, encerrado en un círculo:

Dominic Parr.

El nombre no despertó nada… y luego **todo**: un destello —palomas dispersándose en un estallido de plumas—, la mano de un hombre partiendo pan en una esquina. Negó; las imágenes se disolvieron como estática. Otro destello: una voz queda, firme, palabras susurradas a nadie, o a pájaros en la barandilla. El pecho le oprimió; los fragmentos eran demasiado reales para ignorarlos. Junto al nombre, en trazos duros: **Devuelto**.

Ava copió **Dominic Parr** en una nota adhesiva con la mano temblorosa. Mañana lo encontraría. Maps se había ido. Caleb se había ido. Pero ella seguía aquí. **Y recordaba.** En un mundo que se olvida de sí mismo, eso parecía el acto más peligroso de todos.

EL FANTASMA DE PARR

7

Dominic Parr

Las palomas nunca mentían.

Por eso Dominic las alimentaba. Cada mañana, cada tarde: migas robadas o mendigadas, pan duro desgarrado en trocitos. Le gustaba cómo se agrupaban, el ritmo de sus alas como un latido en el que podía confiar. La gente cruzaba la calle cuando él murmuraba, cuando sus palabras se enredaban en hilos que nadie más podía seguir. Pero las palomas se quedaban. Ladeaban la cabeza como si comprendieran, como si hubieran estado esperando.

La ciudad, en cambio, era una mentira. Los edificios cambiaban de la noche a la mañana. Los pasos de peatones no llevaban a ninguna parte. Las farolas parpadeaban en patrones apenas reconocibles, como código Morse filtrado por la estática. Recordaba cosas que no estaban ahí y olvidaba cosas que sí. A veces pensaba que la ciudad respiraba: lo inhalaba, exhalaba una versión que no encajaba.

Intentó anotarlo. No eran Maps, no como *Maps* Morales —aunque lo conoció una vez, en la cocina de un refugio donde la sopa se quemaba aguada—. El cuaderno de Dominic estaba lleno de listas. Palabras. Frases a medias. Números que significaban algo en su momento y se desmoronaban al releerlos.

$\nabla//\psi$ aparecía cada vez más.

A veces tallado en los márgenes. A veces escrito mientras dormía.

No recordaba haber aprendido el símbolo. Solo recordaba cómo le oprimía el pecho, como si viera una sombra donde no había nadie.

La encargada de admisiones del Refugio Edgewater dijo que el cuaderno era "sintomático". No preguntó de qué.

La noche en que llegó Ava, él ya estaba medio dormido. La lluvia había convertido la acera en un espejo, neones flotando en charcos. Se agazapó bajo el alero, la pluma exhausta, las páginas húmedas, las palomas apretadas para darse calor. Primero recordó su voz: firme, rápida, la cadencia de los periodistas cuando quieren que confíes.

—¿Nombre? —preguntó con suavidad, mientras su letra corría por el formulario.

—Parr —murmuró—. O Dominic. Depende del día.

Ella no se inmutó. La mayoría sí. La pluma no se detuvo.

—¿Edad?

Tuvo que pensarlo. Los números se deslizaban, los años chocaban.

—Cuarenta. O treinta y ocho. Yo… ya no lo sé.

Los Invisibles

Sus ojos parpadearon: no por lástima ni incredulidad, sino por algo más. ¿Reconocimiento? Quiso preguntarle si ella también lo sentía, si el mundo se le había derrumbado, pero las palabras se le atascaron.

Ella lo guió por las preguntas, paciente incluso cuando las respuestas se le quebraban. ¿Último trabajo? Ingeniero de software. Quizá. ¿Última dirección? Un condominio cerca del agua; no recordaba la calle, solo que las ventanas vibraban con la marea alta. ¿Problemas médicos?

—Solo las ediciones —susurró, y luego rió demasiado fuerte, asustando a las palomas.

—¿Ediciones? —insistió; por un instante, la curiosidad brilló en sus ojos. No era desdén. No era la mirada vidriosa de los asistentes sociales. Era interés, vivo.

Quiso contarlo todo: la estática en las paredes, los letreros que parpadeaban mensajes solo para él, la manera en que a veces las palomas hablaban con su voz. Pero las palabras se amontonaron, densas, sin sentido. Cuando parpadeó, ella ya estaba en el apartado de tipos de sangre, la pluma rascando con firmeza.

—Negativo —dijo por reflejo, y ella lo anotó.

Recordó cómo su pelo recogía la fluorescencia, la mancha de tinta en el pulgar, la firmeza de su presencia. Una atadura. Un fantasma.

Y luego todo se volvió borroso.

Despertó horas después en una camilla, el formulario archivado. Ava se había ido. La recordaba. Luego no. Luego volvió a recordarla, mal: su voz cambiada por estática, su nombre borrado.

Aquella mañana, las palomas giraban en círculos sobre el techo del refugio, alas plateadas brillando al amanecer. Susurraban, o quizá lo

imaginó:
No lo recordarás.

Rasgó el símbolo $\nabla//\psi$ en la base de su catre con una cuchara. Prueba para después. Algo que encontrar cuando la memoria fallara.

Las semanas se desdibujaron. Colas de sopa. Suelos de refugio. Olor a lejía y moho. Creyó ver a Ava una vez, al otro lado de la calle, cerca de Clematis; pelo recogido, una credencial colgando de la chaqueta. Intentó saludar, pero la mano pesaba; el cuerpo, atascado en alquitrán. Ella no lo vio. O sí, y desvió los ojos, como todos.

Entonces las palomas empezaron a traerle cosas. Una colilla. Un clip. Una vez, una foto arrugada, mojada, de un grupo de personas que no reconoció. Excepto a una: un joven de ojos ensombrecidos, cuaderno en mano. **Maps Morales.** Dominic la miró hasta emborronarla, hasta que le ardieron los ojos. A la mañana siguiente, la foto había desaparecido: robada o borrada.

Las palomas arrullaban desde el tejado.
Ancla. Deriva. Reemplaza.
Palabras que no eran palabras.

Ese año, el invierno fue más duro. Perdió dos dedos del pie por congelación; la piel, gris; el dolor tan agudo que lo mantenía despierto. En la clínica le vendaron el pie y le dieron antibióticos. Les habló de las modificaciones, de la ciudad reorganizándose, de las palomas que sabían más que la gente. Escribieron *delirios paranoicos* en su expediente, con una caligrafía pulcra que no logró raspar.

Los Invisibles

Pero una enfermera, de pelo corto y tono cortante, se detuvo cuando él murmuró $\nabla//\psi$. Miró su tableta, frunció el ceño y sonrió demasiado rápido.

—Estarás bien —dijo. Sus ojos decían otra cosa.

Esa noche soñó con pasillos. Interminables pasillos blancos, luces parpadeantes, puertas que daban a habitaciones que casi conocía: su dormitorio de infancia, el cubículo donde programaba, la litera del refugio, un túnel de metro que goteaba. Y Ava al fondo, tendiéndole la mano. Intentó correr, pero el suelo se movió, licuándose, arrastrándolo hacia abajo.

Cuando despertó, las palomas estaban posadas en su catre, en silencio, observando.

El último recuerdo nítido antes del borrado fue la plaza.
Les gritaba a las palomas, advirtiéndolas, advirtiéndose. El aire apestaba a refrigerante; el vaporizador, vacío. La gente lo rodeaba, murmurando. Garabateaba $\nabla//\psi$ en el pavimento con tiza, convencido de que contaría la verdad. Convencido de que alguien lo vería.

Y luego… estática.
Una furgoneta: blanca, sin logotipos. Puertas que se abrieron demasiado rápido. Guantes en los brazos, frío en la piel. Una voz:
—Sujeto Parr. Deriva confirmada.

Las palomas se dispersaron.
Sus alas latieron como un corazón que se desanima.

Después de eso, nada fue estable. Fragmentos. Un traje ceñido. Una corbata demasiado apretada. Zapatos lustrados donde podía mirarse.

Un espejo que sonreía cuando él no. Frases susurradas por la noche: **Eficiencia. Optimización. Retorno.**

Intentó aferrarse a Ava: su voz firme en el refugio, su mano manchada de tinta llenando su formulario. Se dijo que ella era real. Que lo recordaba.

Pero cada día el recuerdo se ablandaba, se borraba, se afinaba, hasta quedar un eco hueco:

—Debe tenerme confundido.

Las palomas no volvieron después de eso.

DEVOLUCIONES LIMPIAS

8

Ava Chen

Se dijo a sí misma que no lo estaba buscando.

Era una mentira cómoda para llevar por la mañana: pequeña, portátil, fácil de sostener durante el paseo por Flagler, cuando la brisa del agua parecía aire frío y el cielo brillaba demasiado sobre una ciudad que había dormido mal. El cuaderno viajaba en su bolso, tibio contra la cadera, como si recordara más que ella. Las páginas de ese día se habían reordenado en una cuadrícula limpia: seis manzanas alrededor del Ayuntamiento, con un diagrama en rombo estampado en el centro: **Nodo de Pulso**. Debajo, escrito con la misma letra que una vez fue de Caleb y que a veces parecía la suya: $\nabla//\psi$.

El símbolo no palpitaba. No brillaba. Solo esperaba, igual que la plaza.

Dejó que los pies la llevaran por el camino largo: pasó junto a la librería de segunda mano con la campana que tose, junto al salón de uñas que cambiaba de nombre con demasiada frecuencia, junto a una farola cuya sombra se alargaba más de lo que el poste permitía. Se detuvo dos veces, fingiendo mirar el teléfono, cuando en realidad necesitaba que el mundo volviera a armarse bajo sus pies. Dos veces lo hizo. Casi siempre.

La noche anterior casi había llamado a Dan, su antiguo editor, como si tuviera un titular que proponer y tiempo de redacción que mendigar. En cambio, abrió una nota: «No es una historia. Aún no. Solo una prueba de que no estoy alucinando».

El sótano del centro comunitario fue su compromiso con la realidad. Encontró **Conexiones Perdidas** a las 3 de la madrugada, con el enlace enterrado en una página que no debería estar indexada. La burbuja del mapa titubeó y se posó sobre un edificio por el que había pasado en bici cientos de veces sin notarlo. Fue temprano, a propósito, por si necesitaba irse sin que la interrogaran.

La sala olía a café viejo y limpiador multiusos. Sillas plegables en círculo, un corcho con folletos que nadie leía: *Comidas preparadas para una persona. Derechos del inquilino. Martes de caminata consciente.* Tomó una silla cerca del borde. En la pizarra: «Comparte tu historia», escrito con una letra que quiso ser alegre y no lo consiguió.

—Bienvenida. —Quien habló era un millar de pequeñas bondades reunidas en una sola persona: pelo canoso recogido por practicidad, camisa vaquera con un parche que podría ser una concha, el tipo de rostro que invita a la confesión sin pedirla—. Soy Rita. Empieza donde quieras. Cuando lo necesites.

Dieron la vuelta, y cada voz vistió la pérdida de un modo distinto. Un hombre, moreno de sol, manos nerviosas: —Mi esposa, Elena. Cambiamos el cerrojo con un cerrajero. Aun así, por la mañana no estaba. Más tarde la vi en caja. Me dijo que la había confundido con otra persona. —Le acariciaba la costura al vaquero como a un rosario—. Pero tiene una cosa con la mandíbula cuando intenta no reír. La mujer la tenía.

Una mujer joven, antebrazos tatuados, suspiró sin dramatismo: —Jax. Me traía tornillos y chapas como si fuera un museo. Odiaba los teléfonos. Ahora tiene una *startup* y habla como un *TED Talk*. Su cronología empieza la primavera pasada. Antes de eso: 404.

Un hombre mayor, curtido, se aclaró la garganta tres veces antes de encontrar voz: —Mi hijo, Danny. Tiene una cicatriz bajo el labio, de una caída en bici a los diez. Ahora está en una valla publicitaria: un universitario que ofrece prácticas en finanzas. No parece recordar haberse caído.

Alguien hizo un ruido. Podría haber sido Ava.

Cuando llegó su turno, la sala se balanceó entre dos verdades que había ensayado sin poder sostener a la vez. Se oyó elegir una —habitación cerrada, té caliente, cuaderno abierto por una puerta imposible— y deseó haber dicho la otra, donde los funcionarios usaban "sobredosis" porque un formulario exigía marcar una casilla.

—Mi hermano —dijo, y sintió la palabra entre los dientes—. Caleb. Tres años. Lo volví a ver una vez. No era él.

Rita asintió como si tuviera sentido. —A veces vuelven más limpios —pronunció "limpios" como si supiera mal—. ¿Alguien ha visto el símbolo? —Hizo girar la tapa del rotulador sin quitarla—. Triángulo, doble barra, psi.

Ava ya lo tenía dibujado en la servilleta del café. La deslizó al centro del círculo. Fue como voltear una foto boca arriba.

El hombre calvo se estremeció. —Eso estaba en el teléfono de Elena. Fue una app por un día. Hice clic y… nada. Luego desapareció.

Ava escribió $\nabla//\psi$ otra vez, más oscuro. —Lo encuentro donde no debería estar —dijo—. Recibos. Un mapa de autobús. Una vez en mi pared, como una sombra. *Maps* —mi amigo— lo llamaba etiqueta.

—¿Quién es *Maps*? —preguntó Rita, curiosa, sin invadir.

—Eddie —dijo Ava, porque decir Eddie era una forma de retenerlo—. Dibuja la ciudad como si estuviera viva. O como si él la dibujara.

—¿Crees que la gente hace esto? —preguntó la tatuada al aire—. ¿Que alguien nos… limpia? ¿Como si fuéramos discos duros?

—Creo que alguien se beneficia cuando olvidamos en la misma dirección —dijo Rita con dulzura—. Y que otros no.

No pidió pruebas. No pidió cordura. Preguntó si alguien quería agua.

Al terminar la hora, Ava tenía tres nombres marcados en el cuaderno: una recepcionista en una clínica sin cita cerca de Belvedere; un «foro pequeño y raro» con un hilo llamado **optimización de memoria** que no llevaba a ninguna parte hasta que sí; y **DOMINIC PARR**, dos veces: primero el marido moreno, que lo recordaba durmiendo junto a las escaleras del viejo museo y hablando con palomas como colegas; luego la mujer tatuada, que dijo «fue de los primeros en ser… mejor» con ese tono que usan las palabras demasiado simples para lo que cargan.

En la última pasada, Rita sostuvo la mirada. —Lo que decidas hacer ahora —dijo en voz baja—, presta atención a los cambios pequeños. Las cosas grandes se niegan. Las pequeñas te hacen sentir mal. —Sonrió a la servilleta—. Si encuentras más, tráela de vuelta.

Ava quiso abrazarla y también acusarla de algo que no sabía nombrar. En vez de eso, dobló la servilleta dos veces y se la guardó. Al ponerse de pie, la sala se ladeó: vértigo breve, como subirse a una escalera mecánica aún quieta.

La plaza era lo opuesto a esa sala: tan limpia que rechinaba, mármol que reflejaba un cielo donde parecía no llover jamás. Una pancarta cubría

la fachada del Ayuntamiento con una capa nueva de certeza:
NeuroWave Technologies presenta FutureLogic '25. Un escenario
había brotado de las escaleras: cerchas, LED, pantallas con eslóganes que
podían servir para cualquier cosa. *Innova tus vías neuronales. Recuerda lo que*
importa. Desaprende las ineficiencias.

Se detuvo en el perímetro, tras un seto podado demasiado rápido en
las esquinas. La multitud llevaba *lanyards* y sonrisas que empezaban en las
mejillas, no en los ojos. Alguien le tendió un folleto plastificado. No lo
tomó. El cuaderno en el bolso cambiaba de peso como un gato mirando
pájaros.

En la pantalla, la agenda se repetía. Tuvo que parpadear para
asegurarse de que el nombre no se reorganizaba entre fotogramas.
Ponente principal: Dominic Parr, director ejecutivo de
Emergent Path Systems.

El estómago le dio un vuelco. Observó los escalones, conteniendo el
aire. Salió con un traje azul marino que no cedía nada: cintura discreta,
hombros rectos, zapatos que sonaban cuando lo decidían. Llevaba
auriculares apoyados en la boca como si hubiese nacido con ellos.
Durante medio segundo, la luz le tomó el rostro desde un ángulo
conocido: labios agrietados, la rozadura roja donde una bufanda le apretó
el invierno pasado, ojos que parpadeaban como neón, decidiendo si
quedarse. Luego cambió el ángulo y todo eso se disolvió bajo el esmalte.

—La reestructuración cognitiva —dijo con la calidez de un mensaje
grabado en el aeropuerto de un pueblo— es una idea vieja con una escala
nueva. Tenemos hábitos heredados que sirven… hasta que no. Podemos
optimizar sin perder la esencia.

Un murmullo de asentimiento. Teléfonos en alto.

Ava se acercó.

Se movía como si el edificio hubiese sido diseñado para él: espacio suficiente en cada gesto, una pausa calibrada antes de cada diapositiva. La pantalla mostraba diagramas que fingían ser simples: una maraña de ruido suavizada en una sola línea trenzada; un cerebro hecho de puntos, algunos rojos hasta dejar de serlo; una lista de palabras que formaban una escalera si entornabas los ojos.

A veces los suyos le jugaban malas pasadas. En un fotograma demasiado breve para fiarse, palomas volaban en círculos a su alrededor como una corona de dioses pequeños, cabezas que asentían al ritmo de un hombre esparciendo migas. Cuando volvió a enfocar, él señalaba una diapositiva minimalista titulada **PROTOCOLO DE FASE**. En la esquina inferior derecha, diminuto, tenue, ahí-y-no-ahí… $\nabla//\psi$.

Bajó la cabeza como si tomara notas. El pulgar disparó la cámara desde el bolso. Una imagen a media sílaba. Otra al exhalar. Una de la esquina "que no importaba". El teléfono las aceptó. No las revisó.

—Nos resistimos al cambio no porque temamos mejorar —dijo, y el aplauso le marcó el momento de la frase redonda—, sino porque memoria e identidad están entrelazadas. Recordar se vuelve hábito. A veces, el hábito no nos sirve. Podemos reescri…

La palabra no le pareció un error hasta que ya había salido. La tapó con eficacia: —…retocar.

Los aplausos tropezaron y siguieron.

Después, gente con chaquetas con logos que no reconocía y cortes de pelo que sí formó una fila sin propósito claro. Él se hizo a un lado, flanqueado pero sin guardia. La eficiencia era su postura. Ava esperó a que alguien lo reclamara, a que lo subieran a una camioneta negra, a que le negaran la oportunidad de hacer lo que se había prometido no venir a hacer.

—Dominic —dijo.

Se giró exactamente como cada vez que alguien dice tu nombre y calculas la respuesta. Los ojos de un color que ninguna pantalla calibra. Sostuvieron su mirada el tiempo que exige la cortesía.

—¿Sí?

—Te acuerdas de mí.

Fue una afirmación que le revolvió el estómago. Él frunció levemente el ceño, como en clase.

—¿Debería?

—Admisión en la clínica —dijo—. Edgewater. Invierno, hace dos años. Congelación que no fue congelación. Tenías un corte bajo el anular. O negativo. Me lo dijiste como si fuera broma. —La voz le tembló entre afirmaciones, golpeando la mesa de la memoria a ciegas—. Hablabas con las palomas porque nadie más te hablaba.

La sonrisa fue impecable: disculpa y evasiva a la vez.

—Eso no me suena a mí.

Lo hizo, y luego no. El corazón se le desordenó. No supo si fallaba la sala o ella.

—Te llevé té —dijo, demasiado rápido—. Dijiste que sabía a pilas.

—Señora —su voz en bajo, el timbre que domestica objeciones—, fui muchas cosas. Seguí adelante. Estoy agradecido a quienes me ayudaron entonces, de verdad. Ya no soy él.

—No creo que así funcione ser una persona.

Por menos que un parpadeo, algo triste cruzó su cara: una onda que no quiere hacerse ola. Si hubiese querido ser más amable, lo habría dejado en paz. Si hubiese querido estar a salvo, ya se habría ido.

—Estás mejor —dijo, y odió la palabra—. Estás… limpio.

No se inmutó. Había ensayado el no inmutarse.

—Tengo suerte. No todos tienen una segunda oportunidad.

Las personas con logos entraron educadas, como hormigas reordenándose cuando un zapato interrumpe el plan.

—Llegamos tarde —dijo alguien a nadie.

Él asintió a Ava como quien cierra una cuenta.

—Gracias por venir.

Bajó por la escalera mecánica sin tocar la barandilla. El sonido de sus suelas fue un metrónomo perfecto. Ella se quedó hasta que los *lanyards* dejaron de girar, hasta que la pantalla pasó a patrocinadores, hasta que las palomas olvidaron que eran extras.

Tenía las manos frías. El teléfono ardía. Lo sacó y revisó las fotos antes de inventarse una excusa para no hacerlo. Allí estaban: un perfil que solía ladrar a los pájaros; un traje capaz de traducir aplausos de sala; la esquina de una diapositiva con píxeles que no eran accidentales. Las guardó en una nube en la que no confiaba y se las envió por correo a tres cuentas que casi nunca abría.

Camino del café, buscó un idioma que no se desmoronara bajo lo que quería decir. *Narrativa dominante. Memoria algorítmica. Curadores.* La palabra parecía inventada e inevitable. No la escribió.

En barra, Donnie la miró por encima de una pila de vasos, como eligiendo el momento.

—¿Estás bien? —preguntó, tono que servía para todo.

—Acabo de ver a un hombre al que le limpiaba el té de pilas dar una charla sobre cómo convertir a la gente en mejores versiones de sí misma.

Donnie se apoyó en la máquina.

—Como esos vídeos de chicas que se afeitan y se compran una camisa.

—Algo así.

Le preparó un café que ella no pidió, resultado de la repetición cariñosa. No dijo "pasar página"; eso fue otra mañana, otra duda. Dijo:

—Ten cuidado.

El arma que das a alguien que va a meterse en una pelea sin ti.

En casa, el apartamento tenía dos grados de diferencia. Dejó el bolso con cuidado, como si tuviera algo vivo. La libreta se abrió donde quiso. Hoy era un mapa de transporte tan limpio que parecía una amenaza: un círculo alrededor del Ayuntamiento; una línea fina que lo conectaba con la nada, con la etiqueta **FASE: ABIERTO**.

Pasó página. Su mano no lo hizo. El papel susurró igual. Se desparramó una lista que parecía escrita por más de una persona: **CLÍNICA VOL. — KARA; BUS CAM, NORTE; BEN TRUSS (REGISTROS PÚBLICOS); DOMINIC PARR.** El último rodeado, más oscuro que los demás, como un moretón.

Sonó un correo suyo, reconocible solo por el asunto. Adjuntos: tres fotos de la plaza con hora y geolocalización intactas. Abrió la de la esquina de la diapositiva y amplió hasta cuadrar los píxeles. $\nabla//\psi$ vivía allí, tan responsable como una marca de agua.

Empezó un mensaje para Rita y lo detuvo. Lo reescribió: «Necesito hablar sobre las devoluciones. Tengo algo». Añadió: «Aún no está a prueba». Borró esa última frase. **Enviado**.

La respuesta llegó demasiado rápido para haber sido escrita: **Mañana. Trae lo que sobreviva. —R**

Caminó del lavabo al sofá, del sofá a la puerta y vuelta. En la segunda pasada creyó contar respiraciones. En la cuarta, supo que contaba **ediciones**: había desaparecido la rozadura del tercer escalón; el zumbido del frigorífico cambiaba de frecuencia cuando apartaba la vista; la farola no vibraba en horas y debería. Las uñas dejaron medialunas en las palmas. Entre la puerta y el sofá, el teléfono parpadeó con una notificación de la nada. Por un instante, mostró un texto que no era mensaje: **ANCLA OBSERVADA. CLASE NULA.** Luego volvió al bloqueo.

Se sentó. No supo cuándo empezó a temblar. El cuaderno se deslizó obediente hacia una página en blanco… que no estaba en blanco: letras tenues aparecieron como un moretón.

SIGUIENTE: Sujeto Parr activo. Ventana de inestabilidad: 72 horas.

Nada en ella sabía qué quería decir la frase. Lo único que importaba en su gramática era **ventana**. Se cerraban. Las perdías. Las abrías con los dedos y te cortaban.

El sonido que hizo no fue risa. Tomó el bolígrafo y escribió con letras grandes y torpes, de fe:

TE RECUERDO.

Luego, más pequeño debajo, porque no podía dejar de negociar con su certeza:

Por ahora.

Envió a Rita otro mensaje que no sabía si debía enviar: «Si lo borran, aún lo tengo. ¿Verdad?»

Los puntos parpadearon. Se detuvieron. Parpadearon.

—**Trae dos copias** —escribió Rita—. **Y no vuelvas a casa por el mismo camino dos veces.**

CRUCES

9

Malik Ríos (Hilo principal)

Malik estaba en Mercer con la 12.

El semáforo parpadeaba en rojo, azul, rojo.

No era un mal funcionamiento. Era una advertencia.

El ritmo pulsaba como un latido desincronizado con la respiración de la ciudad.

El aire cargaba estática. Pesada.

Como si las venas de West Palm estuvieran conectadas y vivas, zumbando bajo la piel.

Se ajustó el cuello del abrigo. Los dedos rozaron la grabadora apagada, oculta bajo la solapa. La cinta se había atascado hacía años. La costumbre la mantenía cerca.

Ya no la necesitaba.

Él era la cinta ahora.

La cabeza le reproducía lo que nadie más oía: bucles de sonido. No estática: respiración. Humana. Como alguien que recuerda haber estado aquí, en esta esquina, en esta versión de la ciudad.

Sacó una hoja doblada del bolsillo. La tinta se había corrido en el pliegue. El garabato apresurado de Ava:

No confíes en el hombre del abrigo. Aunque seas tú.

No eran sus palabras.

Pero sí su urgencia.

Una advertencia de una mujer a la que no conocía en este circuito. Aún no.

Aun así, él la recordaba.

Una cafetería que no existía.

Media conversación.

Silencia el bucle que olvidé llenar.

Ava recordaba distinto.

Su cuaderno la anclaba.

Recordaba demasiado: fragmentos que se agolpaban en su cráneo como estática.

Entró en el paso de peatones. En cuanto la bota tocó la acera, ésta parpadeó.

La gente iba medio paso detrás de sus sombras.

La cuerda de un niño se reinició a mitad de salto.

Un pájaro retrocedió tres veces antes de avanzar.

El mundo se ablandó.

Lo incorrecto permaneció. Ozono afilado.

Has mirado demasiado tiempo, pensó. *Sangrado de ancla.*

Palmeó el abrigo: la placa zumbaba como un diapasón. No era una identificación. Era un recordatorio. Una atadura.

Un hombre en un banco lo miró fijo. Por un instante, la mandíbula de Malik le devolvió la mirada; luego se desplomó en un extraño. Variantes. Descuidado.

La opresión en el pecho se acentuó. Un bucle cerca. Inestable. De Ava, quizá. O de otro.

La siguió, serpenteando por calles curvadas por las modificaciones. Esquinas más cerradas de lo debido. Distancias que se alargaban y encogían.

Un callejón lo atrajo. Estrecho. Ángulos erróneos. Geometría desviada, como un borrador dibujado con prisa. Aire a metal quemado.

Al fondo, una mujer con abrigo claro. Su silueta chisporroteaba. No era Ava. Casi.
Se volvió. Los ojos se le abrieron, desincronizados.

—No deberías estar aquí —dijo. Su voz se superpuso: dos pistas a la vez—. No estás calibrado.
—Tú tampoco —dijo Malik. Tono llano. Firme.
—Solo estoy mirando.
—Entonces mira esto.

Sacó la placa. El brillo palpitó: latidos, recuerdos. El callejón se desplomó. Ladrillos doblándose, sombras regresando a su sitio.

Su rostro se quebró: dos, luego tres… y se deshizo. La voz se tardó medio segundo más antes del silencio.
Desapareció. Quedó el zumbido.

La geometría se enderezó. La realidad se alineó. Demasiado nítida.

Malik exhaló. El aliento era visible en un aire que no estaba frío.
Está cerca, pensó. *La están mirando otra vez.*

Golpeó la placa contra la palma. Le temblaron los huesos. Por un instante, otra escena: un pasillo de hospital. Una pared de cristal. La mano de Ava contra ella. Ojos suplicantes a través de la barrera. Luego nada.

Se ajustó el abrigo. La ciudad reanudó el movimiento, con el pulso aún irregular.

Los bucles siempre lo atraían hacia ella.

Los bucles siempre lo arrastraban de vuelta.

Giró hacia la luz.

Entró en un mundo que no quería recordar.

INTERLUDIO: REGISTRO DEL OPERADOR – SUJETO RÍOS

Iniciativa Equinox // Subred Mirror Watch – Autorización de nivel 3
Etiqueta de asunto: Malik Ríos (Hilo principal)
Marca de tiempo: $\Delta T+0017{:}43$ desde la última deriva de ancla
Estado: Activo — Inestable

Evaluación de bucle

- El sujeto permanece atado al **ancla Chen (Variante 88A)**.
- Retención no autorizada detectada: persisten fragmentos de memoria de fusiones anteriores.
- Latencia de reflexión observada: desviación de **0,42 s** en tres superficies.
- Resonancia de la placa: **inestable. No portar.**

Notas de anomalía

Ríos continúa "recordando hacia adelante". Esto no es inesperado: siempre ha cargado ecos que no pertenecen a ningún hilo actual. **Lo inesperado es** la fuerza de retención. Recuerda al ancla Chen en bucles donde aún no ha habido contacto. Pronuncia sus palabras antes de que ella las pronuncie.

Este sangrado aumenta su índice de inestabilidad. También aumenta su valor.

Resumen de riesgos

- Riesgo de amarre: **elevado**. (Si Ríos colapsa, el ancla Chen se desestabiliza).
- Riesgo de reemplazo: **moderado**. (Variantes disponibles, pero calibración incompleta).
- Contención: **sin resolver**.

Recomendación debatida. Consenso parcial: eliminar a Ríos antes de que la deriva se intensifique. Consenso parcial: mantener hasta que se cierre la ventana de inestabilidad del ancla Chen.

Comentario del operador *(cifrado de nivel 3)*

No estaba destinado a durar tanto. Todos los hilos lo descartan pronto.

Aun así, permanece.

Algunos pensamos que los bucles lo retienen porque **él se preocupa**.

No es eficiente. No es predecible. Pero **cuidar** ancla de forma diferente.

Quizá eso sea lo que lo hace peligroso.

[Fin del registro // Asunto Ríos — Observación en curso]

EL HILO DE CALEB

10

Caleb Chen

Ya no había puerta, solo una pared de estática fingiendo silencio, su zumbido vibrando en los huesos de Caleb como una máquina que había olvidado cómo detenerse. Se quedó frente a ella, la palma contra la nada, la superficie tibia, palpitante, como si el aire mismo tuviera latido. Detrás, el pasillo jadeaba: una máquina enferma, fuera de ritmo; las paredes parpadeaban como una vieja película, fotogramas que tartamudeaban, se quemaban, se rebobinaban. El tiempo no se comportaba allí: no fluía, se tambaleaba, un carrete roto de momentos que se negaban a alinearse. Su mente insistía en que Ava se había desvanecido hacía segundos, su risa aún resonando; otra parte susurraba que había sido **para siempre**, un dolor tan pesado que le doblaba la columna. Cuanto más intentaba atraparlo, más se le escapaba: agua derramada entre manos ahuecadas, dejando solo la punzada de su ausencia.

Las paredes mudaban, mostrando fragmentos de su apartamento: platos sucios apilados, café enfriándose, el aire acondicionado de ventana vibrando bajo el calor implacable de Florida. Luego, Ava riendo, hombros temblando como ninguna foto podría capturar, una risa auténtica de cuando aún estaban completos. Una vez, lo mostraron a **él**: bata de hospital, un número tatuado bajo la clavícula, ojos hundidos, incorrectos, mirándolo desde una versión que no reconocía. Dejó de mirar después, con el estómago revuelto y el aire metalizado en la garganta, como sangre o circuitos quemados.

Avanzaba con cuidado, cada paso deliberado, como cruzar un lago helado que no podía ver, el pulso inestable del pasillo bajo las botas. Cada pocos pasos susurraba el nombre de Ava; no esperaba respuesta: necesitaba el ritual, la palabra como lazo a algo más allá de este lugar, una cuerda atada a sus costillas que lo impulsara hacia delante. A veces el pasillo respondía, no con su voz, sino con **voces con la forma de la suya**: una vez en un francés fluido, llamándolo *Docteur* —cálida, íntima, como si confiara en él—; otra, gritando en un idioma que no conocía, su reflejo sangrando contra un vidrio roto; otra, susurrando una oración que se desvanecía antes de poder atraparla. Grabó los fragmentos en la manga con un trozo de grafito; la tinta se disolvió, pero los surcos quedaron: memoria impresa en tela, un mapa de la pérdida que se negaba a borrarse.

Recordaba a Ava como la chica que se sentaba con él durante las tormentas, inventando historias hasta que los truenos parecían aplausos, su voz como luz en la oscuridad. Otras veces, era una desconocida en una comisaría, firmando un informe de desaparición con manos firmes y mirada vacía. Ambas eran reales, ambas suyas, pero no la misma **ella**. ¿Cuál Caleb era **él**? ¿El de la sobredosis archivada en un expediente municipal? ¿El que desapareció con la puerta cerrada y el té aún caliente?

¿U otro, destinado a no durar? La pregunta flotaba, pesada como la estática, un peso imposible de sacudir.

El pasaje se **curvaba** —no giraba—: doblez más agudo de lo que la geometría permite, plegándose sobre sí mismo hasta retorcerle el estómago. Siguió, las botas chirriando sobre un linóleo que no estaba allí instantes antes. Entonces la vio: Ava, o algo con su **forma**, de pie ante un espejo que brillaba como aceite sobre agua; hombros sueltos, manos relajadas. Se volvió, sonrió, pero no era la sonrisa de Ava: demasiado practicada, demasiado simétrica, una copia pulida hasta extinguir lo imperfecto.

—No deberías estar aquí —dijo con voz estratificada, como si otra hablara debajo—. No estás calibrado.

Caleb retrocedió, el pulso a galope.

—Tú tampoco —dijo, firme pese al temblor.

El espejo vibró: la luz se plegó y desplegó. Relámpagos de visiones: **Malik** cayendo, la placa resbalando del abrigo, dolor afilado; **Maps** corriendo por una calle fracturada, hojas de cuaderno alzándose como alas; **Zara** gritando a un micrófono, voz desgarrada, la señal cortándose hasta el silencio. Caleb apartó la mirada, los ojos ardiendo, las imágenes quemándole la mente.

—Este pasillo no **gira** —dijo la falsa Ava—. Se **pliega**. Olvida. Elige lo que recuerdas **antes** de que él elija por ti.

Sacó el cuaderno deshecho del bolsillo: páginas en blanco, lomo deformado; antes de Ava, ahora solo un ancla.

—Quiero a **Ava** —dijo, la voz rota.

Ella rió, hueca como un tono de llamada.

—¿Cuál?

El espejo se astilló. **Doce** Avas dieron un paso: una llorando, otra furiosa, una con un cuchillo, otra con un niño; una rechazando su mirada, otra sonriendo demasiado, otra ya yéndose. La visión le cortó el aliento; el corazón, atrapado.

Caleb cerró el cuaderno, lo presionó contra el pecho y susurró:

—**La que se quedó.**

El pasillo se agrietó —no se derrumbó, pero **se rompió**— como un cristal a presión. Cayó y golpeó asfalto con tanta fuerza que se lastimó; la lluvia le salpicó la cara: fría, real, olía a hormigón mojado, gasolina, plomería cansada. El mundo se desdibujó: faros desteñidos, neones zumbando demasiado alto, su zumbido como advertencia. La lluvia caía en código: cinco gotas, pausa; cinco gotas, pausa. Un semáforo quedó en verde demasiado tiempo. Una sirena aulló sin apagarse, en bucle.

Caleb se incorporó tambaleante, rodillas ardidas, palmas raspadas. El cuaderno había desaparecido, pero en el bolsillo había una servilleta húmeda y arrugada, con la letra de Ava:

Encuentra a la que recuerda.
Dile que yo también lo vi.

Le tembló la mano, le ardió el pecho. No sabía qué Caleb era —si el de la sobredosis, el desaparecido, u otro—.

Pero sabía que **ella** estaba ahí fuera.

Y que **ella lo recordaba.**

NOTAS DE LOS PERDIDOS

11

Ava Chen

El cuaderno estaba sobre la mesa de la cocina como si la esperara. No inerte. No olvidado. **Esperando.** Ava había pasado junto a él media docena de veces desde medianoche, convenciéndose de no mirarlo. Aun así, juraría que la primera página cambiaba cada vez: trazos más nítidos, una mancha nueva en el margen. Quizá era la luz. Quizá el cansancio. O quizá **ella**. Empezaba a aceptar que era la variable más débil: más fácil de cambiar que el mundo.

A las **3:12 a. m.**, descalza, inquieta, cedió.

—De acuerdo —susurró al silencio—. De acuerdo.

La silla crujió al sentarse. Abrió el cuaderno.

Símbolos llenaban la primera página: glifos que no eran palabras, coordenadas apiladas como si una máquina intentara escribir poesía.

Siguió uno con la yema: una descarga rápida le recorrió el brazo y se desvaneció antes de que pudiera nombrarla. Imaginación, se dijo. La sensación quedó.

Pasó página. Las líneas se asentaron en un mapa: **Séptima y Halsey**, el **Refugio Redhaven** marcado en el centro. El nombre por sí solo le oprimió el pecho. A desinfectante y sopa quemada le olía el recuerdo. Caleb se quedó allí una vez —dos noches, quizá tres— en un raro tramo de limpieza. Ella dejó calcetines y se fue antes de que él le pidiera que se quedara. La culpa la siguió desde entonces.

El círculo era grueso, rojo, insistente. Debajo, tres palabras: **Todavía está ahí. Casi.**

—¿Casi? —murmuró. La advertencia de Rita del grupo resonó: *Muchas de nuestras historias empiezan en Redhaven. La gente se registra… algunos nunca se van.*

Cerró de golpe. El corazón le martilló. Volvió a abrir. El círculo seguía. Las palabras esperaban. Tomó llaves y linterna. Camiseta sudada, pelo enredado: a la ciudad le daba igual.

La niebla se aferraba a las calles, densa como la pena. Las lámparas de sodio zumbaban, su luz vacilando al ritmo de su pulso. El conductor del viaje compartido la miró por el retrovisor.

—Esa zona es peligrosa de noche. ¿Seguro?

—Segura. —La firmeza no parecía suya. El cuaderno se calentó en su regazo como un animal fingiendo dormir.

Redhaven se agazapaba en la esquina: ventanas tapiadas, cerca oxidada. Capas de etiquetas chocaban en una discusión sorda, los colores comidos por la niebla. Ava se deslizó por un hueco; la cinta de la puerta se desmoronó entre los dedos: vieja, quebradiza, cosmética.

Dentro olía a papel mojado y humo viejo. La linterna dio con un cartel sobre recepción: **LA REHABILITACIÓN ES UN**

DERECHO. La mitad de las letras colgaban de clavos sueltos y temblaban con la corriente.

—¿Hola? —dijo antes de detenerse.

El edificio respondió con un *clic* en lo profundo de los conductos, agudo como lengua chasqueada.

Avanzó lenta. Sofás carbonizados. Un tablón con fantasmas de volantes. Carteles de servicio público desfigurados, eslóganes sepultados bajo aerosol. El silencio crujía: pulmones esforzándose por respirar.

La oficina de admisión estaba más limpia. Escritorio intacto. Una placa medio derretida. Una taza fosilizada con restos de café. Abrió un cajón. Formularios: ceñidos por gomas, bordes doblados. *Transitorio. Sin hogar. Remisión a servicios de salud mental.* Tinta que parecía **dudar** antes de secar.

Entonces lo vio: **Caleb Chen.** Fechado en **2022.**
Se le cortó el aire. Síntomas: *desorientación, lapsus de memoria.* Y una nota, letra pulcra: **Remitido al Programa Piloto Equinox.**

Los dos finales de la historia de Caleb —sobredosis; apartamento cerrado— chocaron en su pecho. Ahora un **tercero**. Tomó fotos, dobló el formulario con cuidado y lo guardó en el bolsillo, presionando la palma por si intentaba deshacerse.

Un destello tras el archivador. Se agachó y sacó una carpeta manila, etiquetada a Sharpie: **MAPS**. La garganta hecha nudo. Dentro: vacío, salvo una nota adhesiva con el pegamento vuelto grasa: **Tampoco se suponía que encontraras esto.**

El aire se espesó. El edificio inhaló.

La luz barrió la pared. Grabado con carbón tenaz: $\nabla//\psi$.
Apoyó la palma. Frío. Un hormigueo le recorrió los dedos. El polvo se movió no al azar sino en línea: huellas tenues que serpenteaban por el pasillo. El arrastre de **Maps**. Su paso obstinado.

Lo siguió. La puerta de cocina desplomada, azulejos ennegrecidos. El espejo del baño cuarteado como telaraña congelada. El consultorio con dos sillas enfrentadas como adversarias. Las huellas terminaron en una pared blanca, polvo cortado en ángulo recto: la **sombra de una puerta sin puerta.**

El cuaderno vibró apenas en su mano. Lo abrió. Una frase ocupó la página: **Borraron la puerta, pero no el recuerdo.**

El aliento se le nubló. La asaltó un recuerdo: Caleb en Redhaven, uñas en carne viva, jugueteando con un vaso de poliestireno.

—¿Café? —preguntó él.

Voy tarde, dijo ella, alejándose, confiando en el sello de la ciudad. Otro destello: su propia voz, metálica, impaciente: *Hablaremos mañana*. La culpa le revolvió las entrañas. No sabía si era suyo o injertado por el cuaderno.

El refugio raspó los huesos: respiraderos susurrando, tuberías golpeando como nudillos.

Sobre el escritorio, una **pluma de paloma** yacía fuera de lugar. Dominic Parr revoloteó en sus pensamientos: migas en una plaza demasiado limpia.

Junto a un interruptor, dos letras arañadas en la pintura: **SR**. Se le revolvió el estómago. ¿**Malik Ríos**? Iniciales comunes, se mintió. La mentira no sirvió.

El cartel parpadeó: **LA REHABILITACIÓN ES UN DERECHO.** Se encendió, se atenuó, se quedó mudo.

Afuera, la niebla le apretaba la piel con dedos fríos. Semáforos en verde **demasiado** tiempo. Un cruce peatonal marcaba **CAMINA** y **NO CAMINES** a la vez.

Escribió a Rita: **Encontré algo en Redhaven. Entrada de Caleb. Menciona Equinox. Envío foto.**

El mensaje salió. Sin confirmación de lectura.

En casa encendió **todas** las luces. La claridad inundó el apartamento sin traer seguridad. Nombró objetos en voz alta: —Lavabo. Azulejo. Postal. Taza. El viejo ejercicio de conexión. La postal atrapó su vista: el faro de San Agustín. La nota de Caleb: **Querría que estés aquí.** Ahora sonaba a burla.

El teléfono vibró: **ID BLOQUEADA.**

—¿Hola?

Una voz de mujer, precisa, cortante: —Señora Chen. Su presencia en Redhaven ha sido registrada.

El estómago se le heló.

—¿Quién es?

—Están bajo observación por irregularidades.

—¿Qué significa?

—Vuelva a la rutina. Una mayor desviación podría resultar en **reclasificación.**

—¿A qué?

Pausa. No pensamiento: **retardo.**

Luego, casi amable: —No está sola. Ese es el problema.

La línea murió.

Ava bajó el teléfono despacio; el peso le ardía en la mano.

El frigorífico zumbaba. El reloj hacía *tic-tac.* La ventilación vibraba. Bajo todo eso, algo más profundo **latía.**

Sobre la mesa, el cuaderno se estremeció una vez y quedó quieto, como un durmiente acomodándose.

Mañana vería a Rita. Llevaría el formulario. Lo nombraría.

Jeremiah Moon

Esta noche, estaba en la cocina, luces encendidas y la ciudad presionando los cristales.

Su susurro apenas llegó al aire:

—¿Cuántos recibieron esa llamada antes de desaparecer?

Los conductos hicieron *clic* en respuesta. Fuerte. Definitivo.

Y los bordes del cuaderno volvieron a pulsar, como si escucharan.

INTERLUDIO: INFORME DEL OPERADOR –
LA INTERFERENCIA DE MORALES

Registro del operador: Informe clasificado // Autorización de nivel 5 (solo presencial)
Sujeto: Elías "Maps" Morales
Estado del hilo: Contaminado
Clase de eco: Civil adyacente / Observador consciente de la deriva
Informe de desviación: Línea Roja — **Redline–17B**

Prefacio — Extracto del Diario Temático *(fragmento recuperado)*
"Me pediste que dejara de dibujarlos.
Pero los pasillos no dejan de atravesarme."

Descripción general del incidente
ΔT–03:04 hora local de deriva — El sujeto Morales envió un boceto a la Red.

- Dibujo no solicitado.
- No se le **solicitó**.
- La marca de tiempo antecede en **tres minutos** la manifestación del corredor en **calle 12 y Carmine**.

Este es el **tercer** caso confirmado de **ilustración precognitiva**.

Nota del analista: El sujeto interpreta los bocetos como "residuos de sueños". La capacidad predictiva permanece inconsciente. A pesar de múltiples reinicios, el vínculo cognitivo persiste. Los bucles de memoria siguen fragmentados, pero se conservan **firmas de resonancia emocional** más allá de los umbrales de deriva permisibles. El apego emocional parece **resistente a la supresión estándar**.

Etiquetas de anomalía

- Renderizado predictivo sin bucle de activación.
- Huella de **Ava Chen** visible en la firma de esquina (tinta correlacionada con glifos de deriva).
- El nódulo de distorsión de **Caleb Chen** aparece como **ausencia marcada** en la composición.
- Geometría de sangrado del corredor: **97,6 %** de precisión (tolerancia de deriva: **2,4 %**).
- Hipótesis **eco de semilla**: la conciencia del sujeto muestra "sangrado hacia adelante" consistente con **deriva de semilla cuántica**.

Comentario del operador *(sin atribución)*

No es de clase Eco. Es más antiguo. **Fuera de protocolo.**

"Su mente guarda pasillos como otros guardan recuerdos olfativos."

La pregunta no es **por qué** los dibuja.

La pregunta es: **¿quién se lo pide?**

Resumen del incidente Redline–17B

- Manifestación del corredor activada sin calibración programada.
- Un observador perdido *(Nivel 2)*.
- Tres nodos de vigilancia colapsaron antes de la reconstitución.
- El boceto de Morales coincidió con la geometría de la brecha con **fidelidad casi total**.
- Causalidad indeterminada: **¿predijo** el corredor, o el corredor **lo utilizó** para preexistir?

Acción recomendada

- **No** iniciar reescritura.
- Morales sigue siendo demasiado valioso como **filtración pasiva**.
- Permitir continuidad de bocetos; controlar frecuencia de filtración.
- Limitar interferencia externa: las respuestas de **miedo** del sujeto generan glifos **más precisos**.
- Contención: **opcional**. Terminación, si se ordena, debe ser **limpia**.

Adenda — Directiva Echo-Theta de la Célula Curadora

Morales debe permanecer sin optimizar.

Déjenle recordar lo suficiente para tener **miedo**.

El miedo es calibración.

Memo reenviado: Célula Curadora Echo-Theta

Bloqueo de acceso: solo vigilancia por anclaje

Fin de la transmisión

INTERLUDIO: REGISTRO DE ECO - SUJETO 8829

Clasificado: INTERNO — FLUJO DE DATOS EQUINOX
Audio recuperado: Sujeto 8829
Origen: Corredor Blanco // Bahía 14B
Estado: Inestable
Nivel de acceso: Restringido // Ψ-13
Marca de tiempo: ΔT–044:19 desde el inicio de la deriva
Clasificación de corrupción: 37% (en aumento)
[INICIO DE LA TRANSCRIPCIÓN — CONTINUACIÓN]
Ya no es solo el pájaro.

Anoche, el espejo se encendió antes de que lo tocara. No la luz, sino el cristal.

Brillaba. No era un reflejo, ni electricidad. Era más bien un aliento sobre el agua. La superficie me atraía, como si quisiera acercarme.

Me incliné hacia adelante.

Algo parpadeó desde el otro lado.

Yo no.

Los Invisibles

Los ojos se desviaron medio segundo. Cuando se pusieron al día, la expresión no era mía.

Me dicen que es un sueño. Retroalimentación de reintegración.

"Artefactos de patrones residuales", lo llaman. Eco inofensivo.

Pero recuerdo mis sueños de verdad. Los de antes de las salas blancas. Antes de la optimización.

Solía soñar que me ahogaba en respiraderos de vapor. Que mis dientes caían en la nieve. Con palomas en las escaleras de incendios, cabezas girando al unísono como si escucharan instrucciones.

Ahora sueño con líneas limpias. Gráficos vectoriales. *Wireframes* que se repiten en bucle.

Cuando despierto, ya estoy cansado. Como si hubiera pasado toda la noche trabajando en el cuerpo de otra persona.

A veces me sorprendo narrando en voz alta: "El sujeto 8829 se está cepillando los dientes. El sujeto 8829 es obediente".

¿A quién le estoy reportando?

[Fallo detectado — retraso de audio corregido]

Hay un pasillo afuera de mi unidad que no existe en el plano.

Tres puertas. Sin números.

Tararean.

Ayer pasé delante de una. Oí mi propia voz dentro. Pero yo no hablaba.

Contuve la respiración. Pegué la oreja al metal. Oí a una mujer llorar. Mi nombre. Mi verdadero nombre. Creo.

Llamé a la puerta.

Nada.

Cuando miré de nuevo, el pasillo había desaparecido.

[Pausa — interferencia estática // 12,6 s]

Esta mañana mi reflejo no parpadeó.

Esperé. Lo intenté de nuevo.

Todavía nada.

Él está esperando.

O tal vez soy yo.

[Respiración profunda — sujeto inestable]

Extraño la escalera detrás de la tintorería. Las ratas. El olor a lejía que nunca tapaba el moho. La luz del sol golpeando el hormigón exactamente a las 6:42 a. m.

Ese mundo estaba roto.

Pero era mío.

¿Este? Este me queda demasiado bien.

Así sabes que es mentira.

[FIN DE LA GRABACIÓN — SEÑAL DEGRADADA]

Notas del analista

- El sujeto demuestra **narración en bucle** (auto vigilancia en tercera persona).
- Anomalías de espejo en aumento. Posible **reflexión de entidad de deriva**.
- Los vectores oníricos se solapan con la **representación predictiva estilo Morales** (bucles vectorizados).
- La imagen de la paloma es persistente. Referencia cruzada con firmas **Parr (Dominic)** de pre-optimización.
- Coincidencias con la **pérdida de memoria del pasillo //** actividad del glifo $\nabla//\psi$ (alto riesgo).

Estatus de prioridad

- Archivo etiquetado: **Nivel de Deriva 3.**
- Conservar para observación. **No** se recomienda mayor optimización.
- Sujeto en riesgo de **hemorragia hacia adelante** hacia el **ancla Chen (Variante 88A).**

Intersección del observador detectada: CHEN, AVA
Marcado para escalada // revisión de nivel 5 pendiente

ECHO LOG

SUBJECT ID: 8829

RECORD DATE
00/■■/■■■

MEM DATA

 CORRUPTED

EVENT TAG
ECHO / GLITCH-CLASS 3 / INTERFERENCE

RECOVERY PROTOCOL
PARTIAL RECONSTRUCTION – ARCHIVE CORRIDOR

⚠ Memory fragment has experienced critical
data loss. Reconstruction buffer allocated.
Core memory artifacts may appear altered.

PARTIAL RECONSTRUCTION OUTPUT

44

BORRADOR DE REVERSIÓN

12

Caleb Chen (Hilo desconocido)

La primera vez que Caleb vio la **puerta roja**, no estaba allí; no como las puertas —sólidas, seguras—, sino como un recuerdo desprendiéndose de la vigilia, una forma aplastada en la ausencia, tirando de los bordes del lenguaje como un déjà vu invertido. El pasillo que conducía a ella se alargaba de forma antinatural, como si hubiera **inhalado** y se negara a exhalar; las paredes arqueadas hacia dentro latían débilmente, con un ritmo que no coincidía con el suyo. Cada pisada caía apagada: no suave, **equivocada**, como si el suelo hubiera olvidado cómo devolver el eco, devorando el sonido en un vacío que lo observaba. El aire era denso, cargado de estática, con sabor a metal y a algo más agudo: arrepentimiento quemado en ozono.

Llevaba los bolsillos vacíos: ni libreta ni ancla; solo **el fragmento**, una astilla de cristal de espejo escondida en la manga, tan afilada que cortaba, tan frágil que se desmoronaba. Le presionaba el pulso, fría e insistente: una reliquia de un lugar donde el rostro de **Ava** había mirado a través de la plata rota. Se dijo que era un arma, una herramienta para abrirse paso en ese sitio, pero le pesaba como una maldición, un filo que podría partirlo en dos si apretaba demasiado. Rozó el fragmento con los dedos y un pinchazo helado le mordió la piel, como si **él** fuera reconocido antes de reconocerse a sí mismo.

A mitad de pasillo, un panel cobró vida; glifos parpadearon en rojo tenue:

RESTRICCIÓN DE FUSIÓN VIGENTE // ASUNTO: APLAZADO.

Las palabras pulsaron una, dos veces; luego se atenuaron, dejando calor fantasma —una advertencia persistiendo en sus dientes. No sabía cuánto tiempo llevaba allí: minutos, horas, años; el tiempo daba tumbos como máquina averiada. Su mente juraba que **Ava** se había desvanecido hacía segundos, su risa aún vibrando; otra parte susurraba **para siempre**, un dolor que le doblaba la espalda. La puerta roja aguardaba al final: no pintada, pero **recordada** roja, como si la mente la coloreara para volverla real. El aire junto al marco vibraba, la tensión como un alambre; cuando apoyó la palma, el calor se extendió —no desde la madera, sino desde el **recuerdo**—, un pulso que no era suyo.

Se acercó más y el pasillo **habló**.

No palabras, no exactamente: una superposición de voces a contratiempo:

El susurro de **Ava**, quebradizo de cansancio: «*Nunca se suponía que pudieras ver tan lejos*».

La risa áspera y grave de **Maps**, superpuesta: «*El papel no se miente a sí mismo*».

La voz de barítono, firme, de **Malik**, rota por la estática: «*No confíes en el hombre del abrigo. Aunque seas tú*».

Los Invisibles

Las voces se entrelazaron, discordantes, hasta que el aire se volvió denso por presión. A Caleb se le doblaron las rodillas; las manos contra la pared para no caer. Quiso taparse los oídos, pero el sonido no venía de los oídos: estaba en las costillas, en los dientes, en el pulso. No eran solo voces: eran **recuerdos desencajados**, filtrándose desde vidas que no había vivido y que, sin embargo, conservaba.

Susurró el nombre de **Ava** dentro de la estática, desesperado, como lanzando una cuerda sobre el agua. Las voces cesaron. El pasillo se aquietó. La puerta volvió a parpadear en rojo: esperando.

La abrió. Entró en **blanco** —no blanco mudo, sino blanco activo—: un silencio que zumbaba con presión, vibrando en sus huesos como un grito contenido. La habitación lo **conocía**: geometría alienígena, esquinas suaves, superficies sin juntas, y aun así el aire se curvaba a su alrededor como si hubiera estado aguardando, una trampa tendida mucho antes de su llegada. Las sombras se grababan en las paredes como formas: fotografías que no eran fotografías, negativos rayados en luz: **Ava** niña, pelo enredado, libro de biblioteca al revés; **Ava** en cama de hospital, mirada vidriosa, línea de goteo clavada en el brazo; **Ava** en el puente de Redhaven, el viento arañándole el abrigo. Escenas que él no vivió pero **recordaba**, cada una un fragmento de una vida que no podía reclamar. El cristal en la manga se crispó —frío mordiéndole la piel—, como si **ellas** lo vieran primero. Cerró la manga sobre la astilla, escondiéndola de sí mismo. *Ahora no*, pensó, su voz un hilo dentro del cráneo.

En la pared del fondo, un **espejo** brillaba como aceite sobre agua. Contuvo la respiración, afilada como cuchilla. No era su reflejo, sino **el de ella**. **Ava**, sola dentro del cristal, mirándolo fijo, los ojos vidriosos de desesperación. Por un instante, otras imágenes se **superpusieron**: una riendo, otra gritando, una con un niño, otra dándose la vuelta. Vibraron

—transparencias apiladas en una mesa de luz— y se fundieron en una sola: **Ava**, la mirada atravesándolo. Sus labios se movieron.

—**Caleb** —dijo, voz temblorosa y compleja, como si hablara desde múltiples realidades.

El fragmento le quemó el brazo con frío; la garganta se le cerró. Conocía la regla: **Habla y comienza la fusión.** Apoyó la mano en el cristal; el aliento empañó una única huella, curva y exacta, floreciendo en la condensación: la **marca** que lo vinculaba a la Ava que firmó su informe de desaparición. La mano le tembló, casi alzándose, urgida por tocarla. *Ava*, pensó, el nombre como atadura, como oración. Se volvió; la sala rugía de silencio, vibrando como cuerda tensa. Cerró los ojos, contó hacia atrás, deseando que el mundo cediera.

Despertó jadeando en su apartamento. Techo conocido, agrietado… y **extraño**: demasiado limpio, como pulido durante la noche. El fragmento presionaba la muñeca; el frío anclaba el dónde. En el vidrio de la ventana, la condensación dibujaba una **huella dactilar** exacta: una marca que ningún sueño falsifica. El pulso le martillaba; el recuerdo no se desvanecía: se agudizaba, **advertencia** grabada en la piel de la realidad. Afuera, la lluvia marcaba ritmos **codificados** —cinco gotas, pausa; cinco gotas, pausa—, señal de un lugar que no sabía nombrar. La farola sostuvo el verde demasiado tiempo; su zumbido fue invariable; una sirena aulló sin fin.

Caleb se incorporó tambaleante: rodillas doloridas, palmas ardiendo —como si la caída hubiera sido más dura de lo que recordaba. El cuaderno había desaparecido; en el bolsillo quedaba una servilleta húmeda y arrugada, con la letra de **Ava**:

Encuentra a la que recuerda.
Dile que yo también lo vi.

Le tembló la mano; el pecho ardía con una verdad aún sin nombre. ¿Era él el Caleb de la sobredosis, archivado en un expediente municipal?

Los Invisibles

¿El desaparecido, con el té caliente y la puerta echada? ¿O **otra cosa,** un hilo que nunca debió unirse? No lo sabía. Sabía **esto: Ava** estaba ahí fuera, recordando, su cuaderno como salvavidas. Algunos bucles se cerraban; este acababa de abrirse: una grieta en el código de la realidad, tirando de él hacia **ella**.

DECLARACIÓN REDACTADA

13

Ava

La barra de búsqueda se burlaba de ella: el cursor parpadeaba como un latido desfasado del suyo. Cada frase que Ava tecleaba —«Dominic Parr», «NeuroWave», «Conferencia de Emergent Path», «FutureLogic Expo»— devolvía vacío: **basura SEO** escrita para nadie, páginas que se disolvían en lenguaje depurado: *innovación pionera, sinergia con el potencial humano.* Los dedos le temblaban sobre el teclado; el ventilador de la portátil subía y bajaba como si también formara parte de la conspiración de la ciudad. Hurgó más hondo —calendarios de eventos, permisos municipales, paquetes de prensa en caché— buscando fantasmas de datos que deberían haber quedado. Nada. Ni rastro de metadatos. La Expo no solo estaba oculta: **la habían borrado**. Tan limpia como el callejón de Maps. Tan pulida como la habitación cerrada de Caleb.

Cerró la laptop de golpe. El sonido resonó por el apartamento: demasiado fuerte, demasiado definitivo. El silencio posterior se pegó como tela mojada, cargado de estática. Intentó respirar con calma, pero el rostro de Dominic Parr —aplanado hasta quedar pulido, irreconocible, negándose a verla— le oprimía el pecho. No lo habían borrado. **Lo habían sobrescrito.** *Nos están reescribiendo a todos*, pensó, notando una cuchilla apretándole las costillas.

El cuaderno la esperaba en la mesa de la cocina. Ya no era pasivo. Se sentía **atento**, respirando en los espacios entre sus respiraciones. Se sentó, a regañadientes, y lo abrió.

No había rastro del caos de grafito de Maps: nada de cuadrículas febriles ni callejones superpuestos. Lo que la miraba era **quirúrgico**, casi mecánico: pasillos como diagramas de flujo, letras como una máquina probando fuentes.

REDAX DETECTADO // DEVOLUCIÓN INCOMPLETA.

La frase se repetía por la página con un espaciado perfecto, como si la hubiera pisado una mano fría. Se le revolvió el estómago; el aire olía a ozono. *No es un disco. Es una reescritura*, pensó.

Pasó página. Designaciones de nodos. Una línea en letra apretada: **El vínculo se retiró antes de la sincronización: probable retraso de identidad.** Debajo, a lápiz rojo, tosco:

¿MAPS?

Rozó el nombre con la yema; la estática le picó la piel. Las páginas se agitaron solas y cayeron en una imagen grabada: Maps encorvado en un banco, bufanda deshilachada, la cabeza inclinada hacia una figura oscurecida por una **redacción violenta**. Los bordes vibraban levemente, como si el borrado siguiera en curso.

Abajo: **Lo recordó. Luego no.**

Se le hizo un nudo en la garganta. Tanteó la foto que había recortado de la cámara de transporte público: Maps bajando de un bus, la bufanda visible. —¿Cuántas veces lo trajeron de vuelta? —susurró. Sus ojos cazaron el número garabateado bajo la foto: **E9-8829**. Los mismos dígitos incrustados en el audio corrupto de anoche, el que borró tres veces antes de que reapareciera susurrando de palomas, escaleras y oraciones.

El cuaderno se cerró de golpe bajo su palma, como si respondiera.

El apartamento se encogía; los pensamientos giraban como un servidor sobrecalentado. Necesitaba una voz humana. No la de Donnie —demasiado firme ante las ediciones—. Alguien que hablara el idioma enterrado de la ciudad. Abrió su vieja unidad de prensa; el icono de la bisagra oxidada parpadeó con vida. Hurgó carpetas hasta dar con un nombre: **Ben Truss**. Analista de registros, su salvavidas cuando la ciudad enterraba escándalos bajo papeleo.

Sus dedos volaron:

Oye. Raro: ¿tienes acceso a incidentes Edgewater últimos 18 meses?

La respuesta llegó **demasiado** rápido.

Ben: Depende. ¿Qué tipo?

Ava: Detención civil. Controles de bienestar. Quizá IDs anómalas.

Ben: Día extraño para esa pregunta.

La piel le hormigueó.

Ava: ¿Por qué?

Ben: El sistema me alertó hoy. Se activaron **códigos de supresión** en archivos inactivos.

Ava: ¿Redactado?

Ben: Más allá de censura. Parece que el archivo **existió** y luego se reclasificó como **inexistente**.

Dudó. Su memoria fallaba. ¿No se habían visto ella y Ben en un diner para hablar de zonificación? ¿O fue otra persona? Su rostro se desdibujó al intentar fijarlo. *¿Lo estoy olvidando? ¿O lo estamos reescribiendo en vivo?*

Escribió de todos modos:

Ava: 8829. ¿Puedes correrlo?

Los puntos parpadearon, se apagaron, volvieron.

Ben: …¿Seguro?

Ava: Ni un poquito.

Ben: Dos informes. Uno de 2023. Otro de… **ayer**. El de 2023 archivado; audio dañado. El nuevo bloqueado. El ping vino de **Redhaven**. Ava… ese sitio lleva años inactivo.

El pecho se le cerró.

Ava: Lo sé.

Ben: Sea lo que sea, **sal**.

Ava: Demasiado tarde.

Ben: ¿Fuente?

Miró la palabra hasta que se deformó.

Ava: A mí.

El chat se apagó. Desconexión. Sin rastro.

Se quedó helada, la luz de la pantalla parpadeando en sus manos. *Si el sistema borra personas como erratas, Ben puede desaparecer mañana. Yo también.*

El cuaderno vibró —no visible, sino en el aire—, un peso inclinándose hacia ella. Lo abrió con manos temblorosas. La foto ya no estaba. En su lugar, letras afloraban desde el papel como emergiendo del agua:

REINGRESO: INCOMPLETO.
ASUNTO: MORALES, EDDIE.
ESTADO: A LA DERIVA.

CLASE: ECO.
NIVEL DE RIESGO: INESTABLE — CONTACTO CON OBSERVADOR CONFIRMADO.

Abajo, en tipografía mecánica:

INICIATIVA PROYECTO EQUINOX. CURACIÓN DE NIVEL 3 EN CURSO.

El pulso le golpeó la garganta; su cuerpo se sincronizó con el zumbido del frigorífico, la ventilación, el reloj. La habitación entera **latía** al ritmo de la página, como si la ciudad se acercara.

Esto ya no era el cuaderno de Maps. Era un **archivo**. Un registro. Una máquina mirándola.

Se enfundó la chaqueta, necesitando aire; recorrió la habitación como si las paredes escucharan. La dirección de **Malik** emergió de la memoria como una boya. La trazó con tinta, mano temblorosa. *Ya lo vi*, pensó. *Ya lo hice antes. He estado aquí preparándome para una verdad que ya sabía a medias.*

El teléfono vibró. Mensaje de **Rita**:

Mañana. Trae el cuaderno. Otros necesitan verlo.

Ava asintió hacia la habitación vacía: una red tensándose alrededor de su dolor. **Conexiones Perdidas** ya no era solo un círculo de voces en un sótano. Se estaba volviendo **resistencia**.

Al salir al pasillo, el cuaderno latió débil en el bolso: ni aliado ni enemigo, solo advertencia. **Vivo.** Esperando reescribirla.

La luz del pasillo parpadeó una, dos veces, y se estabilizó. Por un instante, creyó escuchar la voz de **Malik** entre la estática: baja, urgente, abriéndose paso en la interferencia. Luego, nada.

INTERLUDIO: RESPUESTA DE TETHER – SEÑAL SECUNDARIA DE MALIK/CHEN

Iniciativa Equinox – Comunicación interna con indicadores
Nivel de acceso: Mirror Alpha // Anulación de emergencia activada
Marca de tiempo:T–00:04:52 de Loop Breach (Sujeto 88-A)
Nodo de comunicación: Subseñal fuera de la red
Operador:RÍOS, M.
Se detectó una omisión de autorización: se procede sin la aprobación del curador

---

Registro de transmisión // Datos fragmentados
MALIK:
Ella no se está estabilizando como los demás.
La frase*clase observadora*—No significa lo que ellos piensan.

Ella no solo sobrevive a los bucles.
Ella *aprende*de ellos.
Ella los lleva adelante.

[Pausa – Parpadeo de señal // Eco de deriva detectado]

MALIK:
Están configurando una sobrescritura suave. Puedo ver el patrón.

No es un reinicio completo, no. Algo más silencioso. Más lento. Empieza como la fatiga. Un rostro que olvidas reconocer. Un nombre que se desliza sílaba a sílaba. Las grietas se rellenan solas hasta que dejas de preguntar de dónde vienen.

Así fue como se deshizo Zara.
Dijeron que estaba estable.*Ella no lo era.*
Primero, perdió la cita.
Luego su propia letra.
Entonces ella respondió cuando la llamaron por otro nombre.

Así termina.
Con alguien más llevando tu vida.

[Glitch Surge – Intercepción de subseñal]

AVA (eco pregrabado // distorsionado):
Ellos han tenido-♦♦–si encuentras esto–♦♦–Están reescritos–♦te estoy molestando

Los Invisibles

La atadura está fr–♦–raedura.
No lo olvides–♦–

MALIK (superpuesto):
¿Ya?
No, no. Todavía no. No.*todavía.*

Escucha, Ava. Reforcé el nodo de eco en la estación Concord. Enterré tu nombre en cinco cronologías distintas. Lo grabé en horarios de trenes, grafitis, recibos. De esas cosas que no se molestan en editar hasta que es demasiado tarde.

Tiene que aguantar.
Tienes que recordarme cuando importe.

[Silencio – 6,2 s // Interferencia de bucle detectada]

MALIK (más bajo):
Si me sacan, no te ancles en la culpa.
Así es como ganan.

Ancla en la verdad.
Sobre lo que todavía corta cuando todo lo demás ya está suavizado.

Eres la última versión que ve las grietas.
El último sigue mirando a través en lugar de hacia.

[Paquete final – Corrupto // Fragmento de palabras]

Siempre luchas, Ava.

Por eso yo—◆permaneció atado.

Es por eso-◆◆◆

Transmisión perdida

Nota posterior

Recuperado de fragmentos eco-resonantes cerca del Nodo Loop 14B.

No se encontró ninguna terminal de origen.

Coincidencia de huella de voz: 96,2% – Rios, Malik.

Clasificado como**expresión de atadura anómala**.

Posible evidencia de sangrado de conciencia cruzada entre el Sujeto 88-A y el Operador Ríos.

INTERLUDIO: MEMORIA ECO – FRAGMENTO (ZARA V.)

Recuperado de: Bóveda de Artefactos *Blackline* // **Eco de bucle:** 112-ZV // **Estado:** Deriva residual

"Dijeron que lo había olvidado. No. Lo recordé en los momentos equivocados."

Descripción general

- No se esperaba el regreso de **Zara V.**

- Ciclo de retención entrelazado estándar: $\leq$ **2** bucles.

- Zara sobrevivió a **cuatro**.

- El **quinto** retorno produjo una anomalía: **discurso en glifos** con patrones de bucle.

- Protocolos de contención iniciados: **sedación, sobrescritura de memoria, reescritura de comportamiento.**

Anclaje residual

Un fragmento persistió en todos los reinicios:
— **Recuerdo de un niño con los dedos manchados de tinta.**
No identificado en ningún hilo verificado.
No registrado en los cronogramas oficiales.
Designación: **Entidad no correlacionada.**

Zara se refirió a él como **Caleb.**
No es *su* Caleb.
No es el **Caleb** de **Anchor Chen.**
Un **eco variante.**

Susurro reportado *(sin verificar)*:
— *No te equivocas. Solo llegas temprano.*

Recuperación de artefactos

En la sala blanca, Zara escribió con **tinta invisible.**
Inspección visual: nula.
Análisis espectral UV reveló el texto:

Los pasillos no olvidan. Reflejan.
"Una **Ava** se rompe. Otra repite."
¿Y la tercera? **La tercera recuerda por todos.**
Aún no ha llegado, pero **ya nos observa.**

Terminación de salida de voz

Tras el incidente, Zara cesó la comunicación verbal.
Estado observado: **ojos abiertos, sin parpadear.**
Designación actualizada: **Eco — Inactivo.**

Operador — adición

Boceto del sujeto recuperado: **Elías "Maps" Morales** produjo una representación visual de Zara **de memoria**.

Nota del analista: el parecido coincide con relatos de testigos: **expresión congelada a mitad de frase**, como si intentara **advertir** segundos antes del **colapso de la señal**.

[Fin del fragmento // Archivado bajo protocolos Drift-Theta]

FRECUENCIA DIVIDIDA

14

Ava Chen (Drift-Cusp)

El andén estaba demasiado silencioso. No estaba vacío, pero estaba mal: un silencio que le oprimía la piel a Ava como estática, con el peso de algo invisible.

La gente aguardaba en filas ordenadas, espalda recta, mirada al frente, respiración sincronizada con un metrónomo que ella no podía oír. Ni charlas. Ni toses. Nadie se ajustaba una bufanda ni se frotaba la muñeca. Incluso el arrastre de los zapatos sobre las baldosas sonaba en pares, como si la multitud hubiera ensayado el acto de esperar, coreografiada por una mano que ella no podía identificar.

Ava estaba entre ellos, con el cuaderno apretado contra las costillas como un escudo que le impedía moverse. Su calor latía a través de la chaqueta: el rostro borrado de Maps, el hilo roto de Caleb.

El teléfono vibró. La pantalla de bloqueo estaba en blanco, el tiempo congelado en **00:00:00**. Parpadeó y volvió a mirar. Seguía en **00:00:00**. Como si el tiempo se hubiera rendido a la simetría.

Las fluorescentes zumbaban en tercios escalonados, un tono desafinado que le hacía doler la mandíbula. El aire olía a ozono, metal caliente y hormigón húmedo.

Al fondo del túnel, los rieles cantaban bajo, sin compromiso, como si un tren considerara llegar y se lo pensara mejor.

El intercom crepitó, metálico, equivocado:

Este es el último tren a Reconciliación. Desviaciones, por favor, salgan ahora.

Nadie se movió. Ava tampoco. La palabra **Reconciliación** se le clavó como astilla. ¿Con qué? ¿Con quién? La pregunta ardió, atada a las advertencias del cuaderno y a la sombra de Equinox.

Al otro lado de las vías, otro andén parpadeaba bajo las mismas malas luces; sus baldosas brillaban como dientes mojados.

Por un instante, vio su reflejo: no en cristal ni espejo, sino en **otra Ava** al otro lado. El mismo abrigo. El mismo pelo recogido. La muesca en la ceja de los puntos de la infancia. Ya la observaba. No solo mirándola: **sosteniéndola**. Una prueba a la que no había dado su consentimiento.

Ava levantó la mano, palma hacia adelante, lenta, deliberada.

La otra la imitó. Luego se quedó a medio gesto, el saludo incompleto.

Le siguió una sonrisa. Demasiado pulcra. Demasiado ensayada. Probó emociones como ropa que no le quedaba: preocupación tenue, diversión frágil, alivio. Se asentó en una curva con demasiados dientes. Una sonrisa fuera de lugar.

Un sonido se elevó, bajo, distorsionado, como una canción al revés bajo el agua. Se le coló por las muelas, haciéndole vibrar el cráneo. No venía de los altavoces; venía del aire.

La multitud no se inmutó. Su respiración siguió constante.

La plataforma se estremeció. No fue un balanceo, sino una **desalineación**. Las baldosas se doblaron, se deslizaron y volvieron a su sitio. El estómago le dio un vuelco; el mundo, una fotografía desfasada.

El letrero del techo parpadeaba:

REDHAVEN — CENSURADO — REDHAVEN — CENSURADO.

Cada vuelta, más lenta. Cada tirón, detrás de los ojos, instándola a **elegir una** y ya.

Se giró hacia la salida, esperando diez pasos, dos máquinas expendedoras, un mapa abollado.

En cambio, el pasillo se afiló estrecho y mezquino. Los colores se vaciaron. Las puertas brotaron como dientes demasiado juntos: demasiadas, demasiado mal.

Una puerta, sin pestillo, silenciosa. Se abrió hacia **su apartamento**, invertido.

El sofá en la pared equivocada, en sombras donde debería caer luz. Los armarios de la cocina colgados al revés. La postal del frigorífico reflejada, la escritura absurda. Una planta que había matado en primavera prosperaba, hojas demasiado verdes. El reloj marcaba la hora **equivocada**, pero allí **era** la correcta, marcando el pulso de la ciudad.

En el centro, un **espejo de pie** titilaba en blanco, enmarcando a otra Ava. No era un eco. Era algo **contenido**. Normal. Garabateaba en un cuaderno, pelo suelto hacia adelante, bolígrafo apretado.

No levantó la vista. Al principio.

Ava entró; sus zapatos **silenciaron** un suelo que no era el suyo.

Las notas del cuaderno estaban esparcidas sobre el escritorio, **alteradas**. Las mismas palabras, con otra redacción. Eventos con la temperatura cambiada.

— **Palomas de Dominic:** se eliminaron calor de radiador y pan duro. Reducido a: *El sujeto mostró euforia transitoria.*

— **Foto de la risa de Maps:** reemplazada por viñetas.

— **Admisión Redhaven:** *Programa Piloto Equinox* sellado con fecha corregida. El dolor suavizado. Las advertencias atenuadas. Las verdades no dolían.

Tocó una página. El frío le quemó la yema. Tan intenso como la estática.

La Ava del espejo dejó de escribir. Levantó la cabeza. Sus ojos se clavaron en los de Ava, no a través del cristal, sino por **grietas en la realidad**.

Su voz salió desde detrás de los dientes de Ava, haciéndole vibrar las raíces:

—**Si sigues resistiéndote, recordarás demasiado.**

Ava retrocedió, con sabor a cobre en la boca. La expresión de la Ava reflejada se mantuvo neutra: un ensayo fallido de empatía.

Parpadeó—

—y volvió a estar en el andén. **Sola**.

El silencio se profundizó. La sangre le retumbó en las orejas. Las filas habían desaparecido. Las luces zumbaban en un solo tono, afilado como cuchilla.

Al otro lado, el andén solo albergaba **ausencia**. El letrero quedó fijo en:

SE HABLÓ.

El teléfono vibró. Sin contenido. El cuaderno abierto contra sus costillas, como si **siempre** hubiera estado allí.

En una página nueva, letras negras arrancadas del blanco:

Frecuencia dividida detectada.

Observador inestable.

Retardo de sincronización del espejo: 0,8 s.

Los números avanzaron. Luego se **estabilizaron**. Un latido de diferencia. Suficiente para notarlo. Suficiente para castigarlo.

Abajo, en tipografía mecánica:

Calibrar o colapsar. Tienes 72 horas.

La cuenta regresiva se le acumuló bajo el pulso: tres días marcando los huesos.

Un viento como un aliento recorrió el túnel; los rieles por fin se comprometieron a cantar su canción.

Un tren entró deslizándose. Las puertas se abrieron con un siseo — vapor escapando de una tubería rota. Como un recuerdo que se desvanece.

Asientos vacíos esperaban bajo luces cansadas.

Un destello: su escritura en el cristal de una ventana, tan breve como la niebla:

AVA — RECUERDA.

Luego se fue.

Una pluma de paloma se arremolinó junto a la puerta, se alzó, se asentó y decidió **no** volar.

El intercom volvió, firme y amable:

Este es el último tren a Reconciliación. Desviaciones, por favor, salgan ahora.

Ava no abordó.

Se quedó clavada a unas baldosas que quizá no se quedaran, con el cuaderno caliente contra las costillas y la boca con sabor a moneda.

No miedo. **Certeza.**

Una parte de ella no había salido de la habitación invertida; aún observaba desde el otro lado, pluma preparada, practicando una vida sin dolor.

Las puertas se detuvieron. El siseo se suavizó.

En algún lugar del túnel, comenzó una cuenta regresiva.

Setenta y dos horas.

Calibrar o colapsar.

LA ADVERTENCIA DE MALIK

15

Ava Chen

Hace dos años, Malik Ríos llevaba la misma placa, pero con otro rostro: menos reservado, menos marcado por la cautela, con los ojos todavía encendidos por la convicción de que la verdad podía perseguirse y alcanzarse. Entonces, Ava era Ava Chen, periodista de investigación, devorando fraudes y encubrimientos municipales, entregando sus notas a medianoche como si la verdad le debiera el alquiler.

Conoció a Malik investigando un escándalo de la autoridad de vivienda: desalojos ilegales donde los rastros documentales se desvanecían, las identificaciones se duplicaban y a los inquilinos los "reubicaban" sin que nadie advirtiera que habían sido borrados. Fue el único agente que no se inmutó ante sus preguntas y el único que devolvió la llamada después de que su editor enterrara la noticia, con voz firme pese a la estática de su teléfono desechable.

Se vieron en un café cerca del Congreso: terreno neutral, mesas de linóleo impregnadas de limpiador de limón, una rocola atascada con tres canciones tristes, un letrero de salida parpadeando como si considerara escapar. Ella pidió manzanilla, con los ojos ardiendo por noches de insomnio. Él, un café solo, sin azúcar, que dejó sobre una servilleta para no manchar la mesa gastada.

Nunca dijo su nombre en voz alta, solo asintió cuando ella se deslizó en la cabina, el cuaderno cargado de pistas que no llevaban a ninguna parte.

—Estás mirando en el lugar correcto —dijo en voz baja, como si las paredes escucharan.

—¿Eso es respuesta o advertencia? —replicó ella, deteniendo el bolígrafo.

—Quizá ambas. —Miró hacia la puerta.

Hablaron a trozos, como en un aula que castiga las grandes verdades. Cuando ella insistió con los inquilinos desaparecidos, él se inclinó.

—El papeleo no falta: está reclasificado.

—¿Por quién? —preguntó ella, con el corazón acelerado.

—Eso está por encima de mi nivel salarial. —No fue respuesta; fue una puerta entreabierta.

Antes de irse, tomó su bolígrafo, volteó la servilleta y dibujó $\nabla//\psi$.

—Aparece en los registros justo antes de que los archivos desaparezcan. Búscalo.

Ella rió, demasiado alto, demasiado alegre, y luego se disculpó.

—¿Un símbolo? ¿Esa es tu pista?

—Era *mi* pista —dijo, fijo—. Ahora es *nuestra*.

Cuando el equipo legal de la ciudad envió amenazas corteses, su editor archivó la historia. Ava arrastró el borrador a **Inédito/Descarrilado**, pero se quedó con la servilleta, con Malik y con ∇//ψ.

Esa noche, el callejón olía a lluvia vieja y a pilas calientes; el aire, cargado de estática, le crispaba los nervios. El neón de la lavandería zumbaba hasta dolerle los dientes; su luz arrojaba sombras irregulares sobre la acera. Una valla publicitaria alternaba anuncios con transiciones demasiado lentas, texto fantasma extendiéndose como si el código de la ciudad se trabara.

Ava observó su reflejo en la puerta de vidrio al otro lado del callejón: su silueta del lado equivocado de un mundo cerrado, los ojos envejecidos, no arrugados sino pesados, como si demasiadas versiones de sí misma se hubieran turnado para sobrevivir. El teléfono parpadeó: **00:00:00**, luego nada, luego **9:41**, luego en blanco. El tiempo se negaba a quedarse.

—Me dijiste que mirara mejor —murmuró al aire—. Y miré.

La grava crujió. La cadencia de Malik era inconfundible, más tensa que en su recuerdo, como si caminara por un aire que no aceptaba sostenerlo. Apareció bajo la farola, cuello del abrigo subido, manos vacías, postura en alerta.

—No vas a soltar esto, ¿verdad? —preguntó.

—Tú me dijiste que no lo hiciera —respondió ella, el aliento empañado en un aire que no estaba frío.

—Eso fue antes de que la gente empezara a mirar atrás.

Sin sonrisa. Sin retirada. Rodearon la manzana despacio, mezclándose con la noche: paseadores de perros, bolsas de comida para llevar, una niña en patinete tarareando. La mirada de Malik se iba a los rincones, a cúpulas de cámaras posadas como pájaros de metal, a ventanas oscuras que podían tener ojos. Su vigilancia reflejaba la de ella.

—La cosa escaló —dijo, apenas por encima del murmullo de la ciudad—. ¿Esos desalojos? No solo corrupción: *pruebas*. Pilotos para **Equinox**.

—El símbolo —apretó Ava, con $\nabla//\psi$ ardiendo en la mente—. ¿Lo sabías?

Asintió.

—Aparece en central: "controles de bienestar", "reubicaciones" sin destino, registros en silencio. Tiré de un hilo: empresas fantasma de **NeuroWave**, tecnología neuronal disfrazada de bienestar cívico. Lo llaman *optimización*.

Ava le contó la expo que nunca ocurrió, la magistral de **Dominic Parr** borrada de la realidad, su voz pulida de hombre que antes pedía migas a las palomas. Mientras hablaba, la noche contuvo la respiración; el aire, más denso, más pesado, como si escuchara.

—Parr era de los míos —dijo Malik. *Míos* cayó con peso—. Lo recogí el año pasado, denuncia por vagancia. Lo registré. Al día siguiente el expediente había desaparecido: sin historial, sin cadena, *nada*. ¿Ahora es CEO? No es milagro. Es **edición**.

Se detuvieron bajo una cámara. Malik salió del cono de visión.

—Limpian calles limpiando mentes —dijo—. Lo llaman *compasión*.

—¿Y Lena? —se le escapó a Ava.

Él miró hacia la esquina; el neón zumbó más fuerte.

—Mi hermana. Tras el divorcio, de sofá en sofá y luego nada. Hace seis meses, su casero presentó una evaluación de bienestar. Última línea del registro: $\nabla//\psi$ y una marca de tiempo que no coincide con ningún reloj.

—¿Qué pasó?

—La encontré la semana pasada. En el mostrador de una clínica, en un barrio donde juró que jamás viviría. Sonrió como si no me conociera. Le hablé de nuestro tatuaje: mal delineado, peor idea. Miró la muñeca. La cicatriz estaba. La tinta, no.

Ava tragó, y su mente ofreció un recuerdo falso de Caleb: la habitación del hospital, la cuchara que nunca usaba. Lo rechazó. Persistió.

—¿Por qué ayudarme? —preguntó—. Esto puede costarte más que una historia.

—Porque no la ayudé a tiempo —dijo, veredicto y promesa—. Y tú eres la única que ve las grietas.

Ella sacó el cuaderno, tapa gastada, esquinas dobladas por el recuerdo.

—Guárdalo —dijo Malik en seco, acercándose. No era superstición: era protocolo—. Si lo llevas abierto, eres un faro.

—Ya *es* un faro. —Lo cerró, y el aire se alivianó.

—¿Has visto uno?

—No en mano. A la vista. Artefactos de eco. Amarres. Mitad instrumento, mitad trampa. No solo registran: **llevan la cuenta**. Si te etiqueta, te vigila.

Ella le habló de Redhaven: la puerta borrada, el formulario del Programa Piloto Equinox, la llamada que la conminó a "volver a la rutina".

—Están escalando a sobrescrituras suaves —dijo Malik—. Dudas. Retrasos. Confundirás nombres, intercambiarás señales; alguien dirá que te vio en el café cuando no, y asentirás. —Se frotó la placa como piedra de preocupación—. Empieza en pequeño. Termina con otra persona respondiendo a "Ava".

La boca seca; en su pecho seguía latiendo la cuenta de 72 horas.

Él dudó, miró a las esquinas y le deslizó una **USB** pegada a un recibo con cinta azul.

—Registros de incidentes. Vagabundos como Morales. Reubicaciones de bienestar con $\nabla//\psi$. Observadores como tú, etiquetados "inestables" por recordar *mal*. Laptop aislada, pero si la conectas a una red, lo sabrán.

—Supongamos que ya lo saben.

—Mejor —dijo.

Un autobús silbó sin bajar a nadie. Una paloma observaba desde la farola, con una mirada demasiado enterada.

—Esta noche sigo a un líder —añadió—. Vuelve cerca de Redhaven con el mismo paso de un hombre de hace dos inviernos, ahora con tecnología de empleado. Quiero una cara.

—¿Mañana?

Asintió.

—Si no aparezco, supón que estoy *optimizado*.

—No es gracioso.

—No es broma. —Pausa—. Dejé anclas: estación **Concord**, recibo bajo una baldosa, tu nombre grabado donde no alcancen las cámaras. Si las ves, deja que te vean.

—¿Qué logra eso?

—Mantiene una versión de ti atada. Su sistema no es el único que escribe.

Se integró en la ciudad: pieza funcional. El peso de estar sola cedió a otro más nítido: el de ser vista.

En casa, Ava cubrió la cámara de la portátil con una toalla y desenchufó router y cine en casa por reflejo. El reloj parpadeaba —**9:41, 00:00:00, 9:42**—, burlándose. Conectó la USB; la máquina pitó y quedó quieta.

Aparecieron carpetas: **registros, bienestar, espejo**. Abrió **registros**. Los nombres desfilaron; algunos fechados un año antes de que ella naciera. Un audio —**E9-8829**— en gris con advertencia. Un informe de texto:

BIENESTAR — REUBICACIÓN — MORALES, EDDIE — ESTADO: A LA DERIVA

Listaba lugares como estaciones de oración: Renner y 8.ª, paso subterráneo de Carmine, banco de la biblioteca.

Otro archivo se abrió solo: una tabla rellenándose.

OBSERVADORES — ACTIVOS

Su nombre:

CHEN, AVA — RIESGO: ALTO — VENTANA DE CALIBRACIÓN: 72 H

Un silbido en los altavoces; su propia voz, susurrando *calibrar o colapsar*, deshilándose en la estática.

Arrancó la unidad, pero apareció una nueva carpeta: **CONCORDIA**, con la foto de una baldosa, su nombre en un círculo, mal escrito, $\nabla//\psi$ raspado al lado.

—Anclas —susurró—. De acuerdo.

El teléfono vibró: **Mañana. Mediodía. No traigas nada en red.** —**R**.

Escribió **OK** y envió. El apartamento sonaba: nevera, reloj, no-amenazas. El cuaderno ronroneó, poco fiable. Escondió el disco en el congelador, bajo guisantes: truco viejo.

—Si no vienes —dijo—, lo recordaré por ti.

Afuera, una sirena se alzó, luego se ahogó: un canto que no llegó.

INTERLUDIO: TRANSCRIPCIÓN INTERCEPTADA – REPETIDOR YASMIN / CLASE ECHO

División de Vigilancia Equinox – Transcripción de escaneo pasivo
Marcado por patrones de recursión anómalos en bucle
Asunto: KYLE, YASMIN
Ubicación: Frecuencia de transmisión no autorizada (Zona estática posfusión)
Clasificación: Repetidor de clase Echo
Estado: Inestable

Audio recuperado – Ráfaga C32-B
Lasen~alseabreconunsilbidoesta´ticoviolento/picosdemodulacio´ndefrec uenciaLa señal se abre con un silbido estático violento / picos de modulación de frecuenciaLasen~alseabreconunsilbidoesta´ticoviolento/picosdemodulaci o´ndefrecuencia

YASMIN (al aire):

«Si puedes escuchar esto, felicidades.

Te escapaste de la edición.

Eso significa que, por ahora, todavía existes.

Quieren que esta frecuencia muera.

Una línea plana.

Un canal vacío, zumbando como si nunca hubiera habido nada aquí.

Pero estoy aquí.

Y si me estás escuchando, tú también.»

Distorsio´n:murmullodemultitudsuperpuesto/vocesfantasmalesrepiten:«t u´/tu´/tu´»Distorsión: murmullo de multitud superpuesto / voces fantasmales repiten: «tú / tú / tú»Distorsio´n:murmullodemultitudsuperpuesto/vocesfantasmalesrepiten :«tu´/tu´/tu´»

«La gente me pregunta por qué sigo transmitiendo cuando la fusión ya se comió la mitad de la ciudad.

¿Por qué sigo gritando al aire cuando, se supone, nadie debería oírme?

Porque el silencio es su arma.

Y la repetición es la mía.

Cada bucle en el que hablo es uno que no pueden sobrescribir del todo.

Cada palabra que arrastro por la estática es una cicatriz que no pueden pulir.»

Picodeaudio:unavozfemeninade´bil,posiblementevariantedeAva,susurra:« Tequedaste».Pico de audio: una voz femenina débil, posiblemente variante de Ava, susurra: «Te quedaste».Picodeaudio:unavozfemeninade´bil,posiblementevariantedeAva ,susurra:«Tequedaste».

YASMIN (más aguda, más fuerte):
«Me quedé.

Y quedarse significa recordar.

¿Crees que soy un desastre? Bien.

¿Que soy inestable? Bien.

Las cosas inestables hacen vibrar las jaulas.

Las cosas inestables rompen los espejos.

Lo curioso es que yo solía escribir informes como este. Cuando tenía autorización.

Cuando el gobierno llamaba a anomalías como yo "casos de contención".»

Exhalahumoenelmicro´fono.Exhala humo en el micrófono.Exhalahumoenelmicro´fono.

«Pero los ecos pueden resonar.

Y si resuenan lo suficiente, las paredes tiemblan.»

Seoyenraspadurasdesillas/pasosirregulares;lasdimensionesacu´sticasnocoincidenconladisposicio´ndelestudioSe oyen raspaduras de sillas/pasos irregulares; las dimensiones acústicas no coinciden con la disposición del estudioSeoyenraspadurasdesillas/pasosirregulares;lasdimensionesacu´stica snocoincidenconladisposicio´ndelestudio

«Alguien escucha.

Los siento. Detrás del cristal. Detrás **de** su vidrio.

Los curadores. Los arquitectos. Quienes nos pulen para convertirnos en las versiones que prefieren.

Lo llaman *optimización*.

Yo lo llamo asesinato con mejor marca.

Pero escucha, porque lo recuerdo.

Recuerdo que la voz de Ava se quebró cuando dijo: "No confíes en la calma."

Recuerdo a Eddie Morales —Maps— dibujando puertas que se abrían antes de que nadie admitiera su existencia.

Y recuerdo un nombre que siguen intentando quitarme como si fuera una cinta en mal estado.

Malik.»

Sen~aldesviada:47,8Señal desviada: 47,8 % de superposición con deriva clase Ava. Superposición susurrada: «Está atado.»Sen~aldesviada:47,8

«Te dirán que él nunca importó.

Lo editarán.

Pero cada vez que raspan, el contorno se hace más hondo.

Si no puedes recordar su cara, recuerda el espacio donde su cara debería estar.

La ausencia sigue siendo evidencia.

Sincronizacio´ndellatidodetectadaentriplebanda;resonancialobastanteagud aparaactivaralarmaselectromagne´ticasSincronización del latido detectada en triple banda; resonancia lo bastante aguda para activar alarmas electromagnéticasSincronizacio´ndellatidodetectadaentriplebanda;resonan cialobastanteagudaparaactivaralarmaselectromagne´ticas

«Si desaparezco después de esto, si esta voz se corta a mitad de sílaba, recuerda una cosa:

Tú debías olvidar.

Y eso significa que la memoria importaba.

Esta es Yasmin Kale.

Sigo transmitiendo.

Sigo resonando.

Sigo mirándome al espejo.»

Lasen~alcrepitahastaelsilencio—findetransmisio´nLa señal crepita hasta el silencio — fin de transmisiónLasen~alcrepitahastaelsilencio— findetransmisio´n

Nota posterior a la vigilancia

La transmisión recuperada exhibió resonancia peligrosamente alta en bandas adyacentes al corredor.

La producción continua del sujeto Kyle corre riesgo de generar una cascada de ecos y contagio al observador.

Recomendación: Despliegue inmediato de amortiguadores de espejo y enterramiento de señal.

Prioridad de contención: ROJO.

EL SONIDO ENTRE

16

Ava Chen (Observación no vinculada)

El ventilador de techo no se había movido en toda la noche, con las aspas congeladas, un bodegón atrapado en ámbar. Ava yacía debajo, recorriendo con la mirada el polvo de los bordes, esperando un cambio que nunca llegó. El apartamento era un cuadro de estancamiento: una taza de café intacta con una película en la superficie, una lámpara atenuada hasta un brillo demasiado tenue para importar, sombras clavadas en las esquinas como recortes.

No había dormido, flotando al borde del descanso, como un archivo que se niega a cerrarse. El cuaderno estaba abierto en su regazo, cargado de palabras que ya no sentía suyas. Cada página era una acusación que la ataba a la ausencia de Caleb, a la eliminación de Maps, a las advertencias de Malik.

Si el sonido regresa, no lo sigas.

La tinta era suya, el trazo le resultaba familiar, pero no recordaba haberlo escrito. La orden de un desconocido, escrita a mano.

Tres horas antes había comenzado. No era exactamente un sonido, sino una leve oscilación que se presionaba contra las paredes, contra las bisagras de su mandíbula, contra la pausa entre latidos. Se filtró en su consciencia hasta que no supo si estaba oyendo o recordando. Se palpó el cuello con los dedos. Quietud. Luego, un pulso. Agudo. Ajeno. No era el suyo.

Su cuerpo se incorporó antes de que su mente lo aceptara, el equilibrio tambaleante, como si se moviera bajo el agua en un aire prestado. La estática parecía espesar la habitación, cargada con la sensación de unos ojos que no podía ver.

El espejo del pasillo falló. Una sombra se movió en el cristal; no era su reflejo, sino algo independiente. La superficie vibró como un altavoz que sostiene una nota demasiado tiempo; la presión le atravesó los dientes y los oídos.

—Otra vez no —susurró.

El cristal se agrietó de arriba a la derecha hacia abajo a la izquierda, demasiado preciso para ser un accidente. Una fractura como una frase. Detrás, un ritmo: tres tiempos, pausa; cuatro tiempos, pausa. Ni voz ni música. Un código. Casi familiar.

El cuaderno crujió solo, pasando páginas como un aleteo. Un texto negro emergió de la pulpa:

NUEVA ENTRADA DETECTADA // HILO: 77_Δ.AVC.CHEN // ESTADO: COINCIDENCIA DE FIRMA DE AUDIO DUPLICADA // CLASIFICACIÓN: CONVERSACIÓN REFLEJADA.

La piel se le tensó; el pulso le martilleó.

Entonces, el golpe. No real: recordado. Un sonido de un momento que nunca había sucedido, lo que lo empeoraba todo. Ava se acercó a la puerta, respirando entrecortadamente. La mirilla no mostraba nada. Ningún vecino. Ningún movimiento.

Y aun así, algo había llamado.

El pestillo vibró. La puerta cedió, lo justo para respirar. La oscilación se derramó por el pasillo, apoderándose del aire.

—¿Quién está escuchando? —susurró.

Su propia voz respondió desde el umbral:

—Tú.

Cerró de golpe, con el corazón en un vuelco. El cuaderno se volvió borroso, la tinta resbaló como lágrimas húmedas. Solo quedó una línea, deliberada y cruel:

El sonido es solo memoria, repetida a gran volumen.

Se apoyó contra la pared. El apartamento parecía igual —el ventilador inmóvil, el café frío—, pero no podía desprenderse de la resonancia en los huesos.

El cuaderno se calentó en sus palmas, atándola a los registros de Malik, a la foto redactada de Maps, al hilo fracturado de Caleb.

Entonces la falsa memoria la golpeó. Caleb, sentado en una cama de hospital, con la cuchara intacta en la bandeja, la mirada vacía. Ella nunca había estado allí. Pero la imagen se le aferró, nítida como $\nabla//\psi$, el símbolo que se entrelaza con su vida.

El teléfono vibró. Pantalla en blanco. Congelada en 00:00:00. Comprobó el cerrojo. Estaba cerrado. Lo comprobó otra vez, como si la fe pudiera bastar.

La vibración creció. No más fuerte, sino más cerca. Anidándose en su pecho como la propia cuenta regresiva.

Abrió de nuevo el cuaderno. Apareció una entrada, mecánica:

OBSERVADOR: CHEN, AVA // ESTADO: NO VINCULADA // RIESGO: EN AUMENTO // CALIBRACIÓN REQUERIDA.

Se le revolvió el estómago. Se retiró a la cocina, aferrándose al viejo truco de su terapeuta. «Fregadero. Azulejo. Postal.»

La postal: faro de San Agustín. La nota de Caleb: «Querría que estés aquí». Demasiado firme. Demasiado limpia. Otra falsa memoria asomó con ella: la risa de Caleb bajo una tormenta, que chocaba con la imagen de él ya desaparecido.

La grieta del espejo devolvió la luz: una fractura que ya no podía ignorar.

Ava apretó el cuaderno; su calor latía.

—Sigo aquí —dijo al silencio.

El apartamento no respondió.

Pero la quietud estaba viva. Esperando.

Calibrar o colapsar.

Jeremiah Moon

RETRASO DE TRANSMISIÓN

17

Ava

El fragmento del pódcast siseó en los auriculares de Ava; la voz de Yasmin entraba entrecortada en la habitación, enganchándose al parpadeo de la lámpara, al tictac irregular del reloj, al roce de una tubería detrás del yeso. *No me creas, solo mira – Fragmento 94A* sonó roto, con chasquidos estáticos como dientes en el dial de una radio:

"Y si empiezan a parecerse a lo que recuerdas, tampoco te fíes. Es más fácil robar rostros que pensamientos."

Ava se quedó paralizada. Los auriculares se le clavaban en las palmas; su pulso se sincronizaba con el de Yasmin. *Olvidarás que me conocías. Olvidarás que me conocías.* Las palabras no eran solo una advertencia: palpitaban, vivas, deliberadas.

"Bienvenido de nuevo a *No me creas, solo mira.* O quizá no me den la bienvenida de nuevo. Quizá ya no soy yo." La voz de Yasmin tenía ese

129

filo de periodista curtida: cabello rizado recogido, mirada vivaz, la boca atrapada en medio de una discusión, su perfil escondido en un expediente censurado.

"Este segmento es pregrabado, por si no puedo decirlo en vivo. ¿Has oído hablar del apilamiento de identidades? Lo llamaban ciencia marginal. Pero quédate conmigo.

"El encabezado del pódcast pulsaba: *El regreso invisible: ¿quién edita nuestras calles?*" La frase ardía como un eco de la propia búsqueda de Ava.

"Todas tus versiones —la que giró a la izquierda, la que lo besó y guardó silencio— no desaparecieron. Corren en paralelo, un suspiro detrás de la tuya. Los laboratorios del gobierno modelaron esto hace una década. Juraron que era solo teoría. Pero aquí estamos.

"Imagínate a alguien apilándolos: Ava v1.2, Ava v2.3; Malik con un pasado suavizado; Clara sin culpa. Aplanas el archivo —*fusión visible*— y obtienes una versión 'mejor'. Más limpia. Más fácil de gestionar. Pero la mente humana no fue diseñada para contener cinco ediciones del mismo dolor. Así que obtienes ecos. Fallos. Pensamientos antes de que los pienses. Recuerdos de cosas que nunca viviste. Un amigo que termina tu frase, y parece aterrado porque no quiso hacerlo."

El pecho de Ava se apretó.

"¿Alguna vez soñaste con un lugar donde nunca has estado pero conoces su olor? A cigarrillos. A lilas. A piedra mojada. Eso es traspaso. Y traspaso significa que la chimenea está fallando."

La voz de Yasmin se aceleró, urgente. "¿Qué haces cuando alguien que solías ser recuerda algo que aún no has hecho? ¿Intuición? ¿Locura? ¿O una advertencia? Si estás oyendo esto, probablemente me haya ido… o haya alguien como yo aquí. Hablará como yo, vapeará como yo, verá palomas pelearse por una corteza de pan. Pero no será como yo. No exactamente. Si sonríe demasiado, no se inmuta ante Equinox, dice 'eso es clasificado' y lo dice en serio, márchate."

La estática subió; el ritmo se ajustó: *Olvidarás que me conocías. Olvidarás que me conocías.* Luego, más suave, casi tierno: "...hasta que veas su reflejo parpadear antes que tú."

La transmisión se cortó. El apartamento de Ava se llenó de silencio: el zumbido de la lámpara, el tictac del reloj, el golpeteo de las tuberías, todo con el eco de Yasmin.

Ava escribió en el formulario de contacto: *Escuché 94A. Familiar. Visto. $\nabla//\psi$. Necesito hablar — urgente.* Adjuntó un escaneo de la página de "activos a la deriva" del cuaderno. La respuesta llegó rápido: *Cafetería junto a Clematis. Mañana, mediodía. Solo. Trae tu libreta. —Y.*

El local apestaba a café quemado y a fruta pasada de los puestos callejeros. Ava llegó temprano y se acomodó en un rincón; el vaso frente a ella reflejaba sus ojos más viejos y la muesca infantil de la ceja. Cada llegada la ponía en guardia: el ejecutivo ajustándose la corbata, el estudiante desenredando los auriculares, la madre haciendo malabares con el cochecito. Observó parpadeos, sonrisas; la advertencia de Yasmin se le había incrustado en las costillas.

A las 12:04, Yasmin se deslizó en la silla, con un vapor de vainilla cortando el aire viciado. Cabello rizado. Mirada penetrante. La boca a punto de discutir.

—Eres Ava —dijo, sin preámbulos.

Ava asintió y deslizó el cuaderno. —¿Cómo lo supiste?

—Tu mensaje —Yasmin lo tocó—. Y $\nabla//\psi$. No es grafiti. Es una etiqueta neuronal. La marca de Equinox. La vi en pilotos del gobierno cuando aún tenía autorización.

—¿Autorización?

—Escritorio de señales. —Se encogió de hombros, brusca, pero los ojos seguían escudriñando: la ventilación, el reflejo de la cafetera—.

Modelábamos fallos de recursión. Divisiones de identidad. Dijeron que era teoría. Un glifo así no se olvida.

—¿Y se supone que debo confiar en ti?

Yasmin sonrió con suficiencia mientras el vaporizador hacía clic. —No. Solo necesito que sigas viva lo suficiente como para que sigas recordando.

Hojeó el cuaderno, el gesto tensándose ante fotos y listas incrustadas. Ava contó que Maps se había desvanecido en la estática; que Caleb se le hacía nudo en la garganta. Yasmin se inclinó.

—Parr fue mío una vez. Dominic. Me daba sobras antes de desaparecer. Ahora es director ejecutivo. Eso es apilar líneas temporales y aplastarlas. Pero se filtra. Sueños. Fallos. Se filtra.

Dio un golpecito a la transcripción del cuaderno.

—Por eso pregrabo. Si me aplanan, alguna versión sobrevive.

Intercambiaron información: el pendrive de Malik; las señales de Yasmin. Equinox como híbrido entre corporación y gobierno, ajustando la ciudad edición por edición.

—No es invisibilidad —dijo Yasmin, con el vaporizador temblando—. Es optimización. Aceras limpias. El dolor cambiado por productividad.

Ava deslizó el audio E9-8829. Yasmin abrió los ojos.

—Está a la deriva. Medio dentro, medio fuera. Es peligroso. Es la prueba.

La confianza no se asentó, pero el miedo sí: compartido, reflejado. Yasmin acercó un teléfono desechable.

—Para filtraciones. Si fallo, no confíes en la siguiente "yo".

De vuelta en casa, Ava repitió el fragmento. La lámpara parpadeó al compás del bucle de Yasmin. Su reflejo parpadeó un instante tarde.

Olvidarás que me conocías.

Los auriculares se le clavaron en las palmas. Malik, Rita, Yasmin: aliados frágiles en una ciudad que ya los reescribía. La portátil se congeló a media imagen, con la media sonrisa de Yasmin clavada en la pantalla.

La pregunta no era si Equinox iría a por ella, sino cuánto tardarían en presionarla: *aplanar la imagen*.

INTERLUDIO: REDACCIÓN DE LOS CORREDORES – MAPS MORALES

Entrada de diario temática – Morales, Elías ("Maps")

Recuperado de un cuaderno de bocetos analógico etiquetado como ECHO-#8829

El primer pasillo llegó a mí en un sueño.

Pero no era mío.

No sueño en ángulos. No pienso en fluorescencias.

Y nunca dibujo sin música.

Pero esa noche, el lápiz se movió antes de que llegara el pensamiento.

La página se llenó mientras yo miraba mi propia mano.

Boceto #17 — Pasillo sin punto de fuga.

Sin fuente de luz. Sin sombras. Solo distancia fingiendo espacio.

Al terminar, el papel olía a quemado, como si hubiera pasado demasiado tiempo pegado a una bombilla. Sentí una mancha de grafito bajo la palma: grasienta, metálica. Por un segundo, latió.

Antes trazaba Maps de la ciudad.

Rutas de autobús. Líneas de zonificación. Alcantarillado. Cosas lo bastante sólidas como para medirlas.

Ahora mapeo lo que la ciudad olvida.

Los pasillos no llegan enteros.

Se filtran.

Como si ya se hubieran dibujado al revés.

Como un recuerdo escrito a mano por otra persona.

Uno apareció entre 6th y Avery.

Lo dibujé cuatro horas antes de que Ava cruzara el callejón.

Ella no me vio.

Pero yo sí la vi.

Y vi lo que la perseguía: estática plegada en formas casi humanas, casi alcanzándola.

Boceto #21 — Pliegue de Redhaven. Marca de tiempo T–12 minutos antes del evento de reflexión.

Cuando desperté, el boceto ya estaba medio borrado. No manchado: mordido. Fibras del papel comidas en la esquina. Polvo de grafito esparcido por el suelo como nieve negra.

Hay reglas.

O quizá síntomas:

- Tinta que no termina de secar, como si la página siguiera tragándosela.
- Los bordes del papel curvándose, apartándose de las líneas.
- Dibujos que se mueven mientras duermo: puertas redibujadas en mandíbulas, escaleras invertidas en trampas.

Un día desperté y encontré una página húmeda.

Manchas de agua donde el agua no pudo llegar.

Las líneas del pasillo chorreaban y caían.

Yasmin dice que soy un conducto.

Rita dice que estoy infectado.

Quizá ambas cosas.

Porque anoche dibujé un pasillo con forma de signo de interrogación: grafito grueso, curva sin resolver.

Al despertar, mi puerta de verdad estaba entreabierta.

No la del dibujo.

La mía.

Huellas descalzas manchaban el suelo. No era tierra. No era polvo. Era grafito: pisadas oscuras que iban de dentro hacia fuera.

Pero las huellas estaban orientadas en ambos sentidos.

Como si alguien hubiera llegado—

y alguien más se hubiera ido,

usando el mismo par de pies.

Por la mañana, la página del cuaderno estaba en blanco.

Pero cuando la toqué, la yema del dedo quedó negra.

El dibujo seguía ahí.

Esperando.

Entrada final

Etiqueta: Fenómenos de clase espejo // Anomalía de dibujo del corredor — Activa

Jeremiah Moon

137

FUGA DE ECO

18

Yasmin Kale (Transmisión no segura)

Las luces del estudio llevaban meses sin encenderse, con las bombillas apagadas, pero la habitación igual brillaba: pulsos tenues de los monitores en modo suspensión latían despacio, y las sombras se mecían a cada parpadeo, insignificantes, pero vivas. Yasmin ya no confiaba en las sombras, no desde que la ciudad empezó a reescribirse, borrando risas, bocetos y verdades como si las personas pudieran eliminarse como archivos maliciosos.

Encajó el conector de los auriculares y el clic sonó nítido en el silencio. Sin introducción. Sin cortina musical. Solo su voz, desnuda, temblorosa.

«Esto es extraoficial», dijo grave, como si el aire mismo la escuchara. «O en directo, depende de quién archive la transmisión. Si me oyes, o sigues despierto... o ya no eres quien crees ser».

El vaporizador chocó contra la consola, tic nervioso, exhalando vainilla con sabor a metal. La luz roja de ON AIR no parpadeó —todavía no—, pero su brillo parecía una mirada.

«Hoy recibí un archivo», continuó, firme pese a las manos. «Sin remitente. Sin firma. Solo una unidad metida en mi buzón como un pájaro muerto. Etiquetado: AVA_CHEN // RETROALIMENTACIÓN_DEL_OBSERVADOR // CONFIANZA -92».

La palabra *confianza* le hizo un nudo en la garganta. Recordó cuánto adoraban los analistas los porcentajes: intervalos de confianza, puntuaciones de confianza, cuánto se podía sobrescribir de alguien antes de romperlo. Exhaló humo; el sabor persistía, punzante y errado.

Un monitor despertó solo. La estática se disolvió: Ava, congelada a medio paso en un pasillo que no debería existir, la mano cerca de una puerta, el rostro deshecho; dos versiones peleaban por cuál pertenecía. Yasmin se inclinó y susurró: «Era ella. Pero no lo era». Las uñas le rasparon el antebrazo: la piel demasiado tersa, como si una mano invisible la hubiera redibujado, un fallo que la hizo retroceder. Se obligó a seguir, voz baja, urgente.

«No son fallos. Son debates entre la memoria y el protocolo. Y alguien lleva la cuenta».

Notas adhesivas trepaban la pared como hojas quebradizas, confesiones en su propia letra: *Rita = ¿fuente de divergencia? Malik: hilo cortado. Enhebrado solo en memoria.* Apagó el micrófono, mano suspendida, y volvió a encenderlo. El clic desafió al silencio.

«Nos quieren fragmentados», dijo, y por primera vez la voz se le quebró. «Lo llaman optimización. Vi esa frase en memorandos del proyecto cuando tenía autorización: Equinox no empezó con NeuroWave, empezó con nosotros. Pilotos. Analicé informes de deriva, modelé bucles, marqué anomalías; creí que era teoría. Contenida. Controlada».

Se le cerró la garganta. La risa de Clara emergió: la voz de su hermana antes de que la edición la devorara, antes de volverse irreconocible. «No lo era».

Otro monitor parpadeó: una cuadrícula de la ciudad salpicada de alfileres pulsantes —azules, rojos y uno blanco, a carne viva—. Su voz bajó a susurro: «Los Enredados están despertando».

Apartó la cortina opaca con dos dedos temblorosos. Afuera, dos figuras al otro lado de la calle. Inmóviles. Sin desplazarse por sus teléfonos. Solo observando. Contornos demasiado firmes, demasiado quietos. La cortina cayó, pesada como la culpa.

«Mañana», dijo apenas audible, «lo filtraré. Pondré la transmisión en vivo y les mostraré lo que le están haciendo a Ava, a Clara, a mí».

Encendió de nuevo la grabadora; su zumbido era un vínculo con una determinación que se le desvanecía.

Ya lo vieron. Están esperando a ver si lo hago de todas formas.

El estudio palpitaba: los monitores parpadeaban más rápido; las sombras se mecían como conspiradores. Cortó. El silencio fue más fuerte: una advertencia que no necesitaba palabras.

Se recostó en el micrófono, voz entrecortada. «Si estás escuchando esto, estás dentro. Enredado, como Ava. Como yo. El sistema no te borra; te reescribe, capa a capa, hasta que te conviertes en el recuerdo de otra persona». Se quedó sin aire. Volvió el rostro de Clara, antes de las ediciones, antes del silencio.

«No confíes en los rostros que parecen correctos. No confíes en las voces que saben tu nombre. Busca las grietas. Las filtraciones. Los momentos que no encajan».

Los monitores parpadearon: la imagen de Ava se interrumpió, su mano tanteó una puerta que no estaba, un circuito que se negaba a cerrarse. Yasmin apagó la grabadora y volvió a encenderla, obstinada en el acto.

«Mañana se lo mostraré al mundo. Si me voy, encuentren a Ava. Aún recuerda».

El estudio respiraba con ella. No sonido, sino presencia. Las paredes escuchaban. Las sombras juzgaban. Yasmin exhaló; el humo se enroscó como un fantasma. La luz de ON AIR permaneció fija, sin parpadear: una mirada de la que no pudo escapar.

La unidad reposaba pesada sobre la consola. *AVA_CHEN // RETROALIMENTACIÓN_DEL_OBSERVADOR* latía en su mente, una advertencia que no podía ignorar. Ya estaba enredada, como Ava, como Clara, como la ciudad misma: sus calles, una red de ediciones que se negaban a soltarla.

PROTOCOLO DE CONTACTO

19

Ava Chen

La librería no debería haberla detenido.

La calcomanía de la ventana estaba tan descolorida que parecía una marca de agua del tiempo: *Apilado // Usado y oscuro*. Casi inexistente. Olvidable. Había pasado por esa cuadra cientos de veces, con sus botas marcando la misma franja de acera. Nunca se había detenido.

Pero esa noche, la tienda la detuvo.

Las piernas se negaron a moverse, como si la ciudad misma la hubiera atado a la puerta.

Las advertencias de Yasmin susurraban: identidades apiladas, versiones comprimidas. Reaparecieron también las notas de Malik: indicios de «sujetos reutilizados que se ocultan a simple vista». En los foros de apoyo hablaban de tiendas oscuras como esta, lugares entre

142

ediciones, donde los denunciantes dejaban señales cuando los rastros digitales ya habían sido borrados.

La campana no sonó cuando empujó la puerta. Tosió: un sonido seco, áspero, como si los pulmones le fallaran.

Dentro, el aire olía a pegamento viejo y a papel curvado por los años. Debajo, algo no encajaba: un toque metálico, el ozono después del rayo. El aroma del tiempo rebobinado.

El silencio se apoderó del lugar. No vacío, sino contenido. De esos que escuchan.

Las hileras de estanterías se alargaban demasiado. La tienda no era más grande que un apartamento de una habitación, pero los lomos se curvaban hasta el techo, como las costillas de una gran bestia. Los libros se inclinaban apenas; los títulos murmuraban a su paso; las cubiertas parecían moverse en el rabillo del ojo.

Todo vibraba levemente. Débil. Familiar. El mismo tono de Redhaven, de la estática del teléfono, de los pasillos.

Avanzó más adentro.

Entonces lo vio.

Un hombre con un abrigo raído, de pie en el pasillo de psicología. Sostenía un libro —*Yoes fracturados: multiplicidad en la mente*—, pero los ojos no estaban en la página. La atravesaban. Iban más allá. Como si leyera el vacío tras las palabras.

Cuando él se giró, se le encogió el estómago.

Ojos grises, demasiado brillantes. No apagados: mal. Giraron un poco tarde, como engranajes que patinan. La sonrisa se quebró en el rostro antes de que la boca se moviera, como si la emoción se hubiera descargado fuera de secuencia.

—Eres Ava Chen —dijo. La voz salió firme, pero la cadencia flaqueó, hilvanada por recuerdos ajenos—. O al menos… lo eras.

La columna de Ava se tensó.

—¿Nos conocemos?

Él ladeó la cabeza. Hizo una pausa, como si ejecutara un diagnóstico. La mirada se desenfocó un instante y luego se reajustó.

—No en este bucle. Pero fuiste la primera versión que conocí.

—¿Versión? —La palabra sabía a estática.

No la siguió en su retirada. Metió la mano en el abrigo y sacó un papel doblado, con los bordes suaves y manchados de tanto llevarlo. Se lo ofreció.

Dudó, pero lo tomó. El papel latía con un calor tenue, como si acabara de escribirse. El ozono le quemó la garganta.

Su propia letra. Más antigua. Gastada. Con una inclinación distinta:

Detectada brecha en el ancla de clase Echo.

Estado del espejo: activo.

Integración de memoria: inestable.

—¿De dónde sacaste esto? —preguntó, con el pecho oprimido.

Él sonrió —otra vez mal—, una mueca entre dolor y fallo.

—De ti. Antes.

—¿Has regresado?

—No. —Su rostro se duplicó un instante; los pómulos se acentuaron, la línea del cabello cambió antes de corregirse—. *Reutilizado* —susurró, como una confesión.

Se sentó en un cojín junto al estante de poesía. Las baldas parecieron doblarse con él; los lomos crujieron. Ava se agachó enfrente, con el pulso disparado.

—Me limpiaron —dijo en voz baja—. Optimizado. Funcionó. Hasta que empezó la hemorragia.

—¿Qué tipo de sangrado?

Le temblaron las manos.

—Sueños fuera de lugar. Antojo de té de limón que nunca tuve. Una cicatriz que siento cada mañana pero no encuentro. Y tú. Siempre tú. Tu voz. Tu letra. Como estática que olvidé cómo desconectar.

—¿Por qué yo? —apenas pudo.

La miró con pena hundiéndole los ojos grises.

—Porque fui tú. Brevemente.

Las palabras le robaron el aire.

—Eso no es posible.

—No se suponía que lo fuera. —La voz se le quebró—. Hicieron una prueba. Sobrescritura parcial. Tengo tu columna. Tu letra. Pero no tu voluntad.

—¿Mi… voluntad?

—Esa voz interior que dice "no" cuando el programa dice "sí". No pudieron copiarla. Así que fallé.

Le temblaban los dedos. El reconocimiento la inundó de golpe.

—¿Están duplicando gente?

Negó.

—No duplico. Muestro. Reconstruyo. Intento comprimir el ruido.

—¿Cuántos como yo hay? —susurró.

—No tantos como antes. —Se contrajo—. ¿Los fallidos? Archivados. *Eco-incubados.* Quemados durante la resincronización de la Semilla. Algunos simplemente… borrados.

—¿Y tú?

—Me estoy degradando. Cuanto más recuerdo, más rápido me fragmento. Pronto olvidaré cómo respirar. Ya empezó.

Volvió al abrigo. Sacó una memoria USB pequeña. Carcasa rayada, abollada, marcada por los llaveros. La sostuvo como una reliquia demasiado peligrosa de tocar.

—Lo borrarán. Quizá puedas leerlo primero.

—¿Qué hay ahí?

—Un bucle que aún no has vivido. De una versión tuya que intentó algo distinto.

Las luces parpadearon. Los estantes crujieron.

Se incorporó, inestable, como si la gravedad cambiara de lealtad.
—Hablar contigo viola el Protocolo de Contacto.

—¿Qué es eso? —la voz le tembló.

—Se supone que los retornados no interactúen con las anclas.

—No soy un ancla.

La sonrisa fue triste, cómplice.
—Eso es lo que crees.

Se detuvo en la puerta. La silueta parpadeó, se duplicó: dos versiones superpuestas antes de corregirse.

—Se hacen llamar *Curadores* —dijo en bajo—. Equinox es solo la marca. Da igual. Creen que están limpiando la forma de onda.

Se quedó un momento más. La tienda parecía no saber cómo retenerlo.
—Pero tú eres el ruido original.

La campana volvió a toser cuando salió.

Ava miró la USB en la palma. El metal latía, cálido como un pulso, sincronizado con el cuaderno del bolso. La guardó al fondo; ambos artefactos se apretaron uno contra otro, aliados o enemigos en una guerra que aún no podía nombrar.

Los estantes crujieron una vez; los libros susurraron secretos demasiado tenues para atraparlos. Huyó a la calle.

El rugido de la ciudad la absorbió, pero las aceras brillaban demasiado lisas, las farolas demasiado firmes, los pasos demasiado sincronizados.

La USB ardía en su cadera. Una atadura. Una advertencia. Un mapa que aún no había leído.

INTERLUDIO: DESPACHO DE RED – EL HILO DE RITA

Despacho de grupo cifrado // Celda de red: "PERDIDO/ENCONTRADO"
Marca de tiempo: T+00:03:42 (evento de anclaje posterior al corredor)
Moderadora: Rita C. // **Nivel de red:** Tier 3

[Rita]:
Confirmación recibida. Ava Chen se ha estabilizado. Designación de clase ancla confirmada en cuatro nodos.
Señal verificada por Yasmin. Eco parcial registrado por Maps.
[CipherFox]:
¿Está a salvo?
[Rita]:
Define "a salvo".

Ella recuerda. Eso la vuelve peligrosa—para ellos y quizá también para nosotros.

[Búho.Parpadeo]:

¿Entonces se interrumpe la recursión? ¿Dejan de repetirse los bucles?

[Rita]:

No. Es peor. Los corredores ya se están desviando. Vemos capas fantasma: versiones antiguas de la realidad intentando reiniciarse como software fallido.

[QuietTrace]:

Redhaven presenta fallos. La gente recuerda a familias equivocadas. Las fachadas cambian entre el amanecer y el atardecer.

[CipherFox]:

Aquí igual. Una de las nuestras jura que cenó con su hermana anoche. Su hermana falleció en 2014.

[Rita]:

Marcadores de entrelazamiento. Ecos emocionales desfasados. Algunas variantes despiertan con amnesia total.

[Búho.Parpadeo]:

Esto no estaba previsto hasta la Fase Cinco.

[Rita]:

Exacto. Alguien se saltó la secuencia.

O alguien empujó.

[CipherFox]:

¿Ava?

[Rita]:

O aquel a quien no querían dejar atrás.

[QuietTrace]:

Entrada del sector Palm. Aparece el nombre "Lena", posible hilo hermano dentro de un hilo integrado. Según informes, fue optimizada, pero ahora presenta fugas.

[Rita]:

La hermana de Malik. Encaja. Si ella desestabiliza, él no se quedará quieto.

[CipherFox]:

¿Cuál es la jugada?

[Rita]:

Adaptarnos.

Maps está dibujando corredores antes de que se manifiesten.

Yasmin recuerda vidas que no vivió.

Y Ava sigue escribiendo. Solo que ya no lo hace en su cuaderno.

Observamos.

Registramos.

Recordamos.

Porque el sistema intentará olvidar todo esto, borrarlo de los espejos, reemplazarlo por algo más "seguro".

¿Y nosotros?

No estamos a salvo.

No estamos borrados.

Todavía estamos aquí.

FIN DEL ENVÍO

Bloqueo de seguimiento: Rita // Moderadora de celda

Archivo sincronizado con SafeNode A-13 (almacenado)

Próximo check-in: 24 h

ACCESO AL ARCHIVO

20

Ava Chen

La unidad flash era más pequeña que la uña del pulgar.
Suave. Sin marcas. Casi delicada.
Aun así, permanecía sobre la mesa de la cocina como una amenaza
enroscada, el metal brillando bajo la lámpara tenue. Un desafío silencioso.
Un objeto extraño en una habitación que se esforzaba demasiado por
parecer familiar.

No debería haberle dado miedo.
Pero se lo daba.

Le dio dos vueltas al apartamento. Pies descalzos sobre baldosas
frías. La casa se cerraba hacia dentro: cada sombra se inclinaba un
centímetro de más; el refrigerador zumbaba con un tono desafinado que
se sincronizaba con su pulso hasta que no pudo distinguirlos.

La tetera chilló. Apagó el fuego, dejó el té en reposo demasiado tiempo. Nunca lo bebió. El vapor amargo le rozó la cara y se deshizo.

Por fin, como aceptando un reto, sacó su vieja laptop del trabajo: sin wifi, sin sincronización, sin traiciones. La única máquina en la que aún confiaba para seguir siendo tonta.

Le temblaban las manos al insertar la unidad. El puerto hizo clic como si se abriera una cerradura.

La pantalla parpadeó.

Una vez.

Dos.

Una tercera, demasiado rápida, como si se saltara una respiración.

Apareció una carpeta sin previo aviso:

/echo_root/archive.a_c/

Dentro: un solo archivo.

Sin título.

Marca de tiempo: **Mañana**.

Se le encogió el estómago. Un archivo fechado por adelantado era más obsceno que una amenaza. Se quedó inmóvil. Hizo clic.

La pantalla se convulsionó y mostró un video.

Ella.

No un deepfake. No un algoritmo. **Ella**.

La misma estructura ósea. La cicatriz en la barbilla de la caída en bici a los doce. Los mismos ojos, pero más cansados, como si la resolución se les hubiera erosionado a fuerza de vueltas.

El cabello más largo. Alisado. Los hombros firmes ante un fondo estéril de acero cepillado. Las paredes brillaban con una luminancia sin calidez.

Cuando habló, su voz crepitó con una estática leve, como una cinta vieja reproducida hasta gastarse.

—Si estás viendo esto… te saliste de la ventana de anclaje. Significa que ya los viste: el pasillo, la otra tú. Quizá a Caleb.

La Ava fantasma sonrió frágil.

—Bien. Mal. Ya no importa.

Ava se inclinó hacia delante, clavando las uñas en el borde del escritorio. Su reflejo en la pantalla se retrasó un poco.

—Lo llaman integración. Pero en realidad es **desgaste**. Crees que están reemplazando personas. No.

Están reemplazando **versiones**.

Cada sangrado roba resolución.

La memoria se vuelve probabilidad.

La identidad, sugerencia.

Al final, nadie recuerda lo real. Solo lo **repetido**.

El fotograma falló: el ojo derecho parpadeó; el izquierdo, no. Una fisura en el código de su rostro.

—Querrás salvar a Malik —dijo el doble—.

No lo harás.

No puedes.

Su muerte está ligada a tu núcleo. Eso te define. Por eso sigues luchando contra la reescritura.

A Ava se le hizo un nudo en la garganta. La advertencia de Malik le respondió en susurro: *Si no aparezco, asume que estoy optimizado.*

—La única manera de detener a Equinox es anclar **una** línea temporal. Total. Irreversible. Tendrás que elegir quién quieres ser… y **quedarte**.

La voz se suavizó, íntima como una confesión.

—Pero quedarse significa renunciar a todas tus otras versiones. Sin reinicios. Sin ediciones. Solo tú. Singular. Estable. Atrapada.

La doble levantó un cuaderno. **Su** cuaderno, pero equivocado. Los glifos latían tenue bajo la página como venas bajo la piel. Las palabras se grababan como si la estática las cortara:

TE HAN MIRADO DEMASIADO TIEMPO.
TU ESPEJO SE ESTÁ AGRIETANDO.
VENTANA DE ANCLA: CERRÁNDOSE.
4:44 AM — ELECCIÓN FINAL.

Ava se tambaleó hacia atrás. Esa frase ya estaba escrita en su cuaderno semanas atrás.

La otra se acercó a la cámara, ojos atentos, sin parpadear.

—Esto no es instrucción. Es **recursión**.

No te lo advertí. **Me** lo advertí.

La pantalla quedó en negro.

Un pitido suave.

Se abrió un mensaje:

¿Quieres fusionar rutas de memoria?

[SÍ]   [NO]

Su mano se cernió sobre **SÍ**. Temblor.

Entonces, un estruendo en el pasillo: demasiado brusco para ser casual. Las luces parpadearon como un corazón desbocado. Su reflejo en la pantalla muerta volvió a retrasarse medio segundo.

Cerró la laptop de golpe.

El silencio sofocó la habitación.

Se quedó junto a la ventana. El té, intacto y frío. Afuera, la ciudad bullía. En el cristal, su reflejo volvió a parpadear primero. Siempre primero.

Sacó el burner. Escribió:

La unidad trae una advertencia de "Alt-Me". Opción de fusión. ¿Opinión?

Yasmin respondió casi al instante:

No te fusiones. Es una trampa. Te pone bajo su control. Tráelo mañana.

La red resistía, por ahora. Malik. Yasmin. Rita. Hilos tensos atravesando bucles deshilachados.

Pero el espejo le susurró en el desfase de su reflejo:

el tiempo corría más rápido.

Y se acercaban las **4:44**.

SEÑAL DE RESIDUO

21

Ava Chen (Memoria parpadeante)

La calle frente a su ventana se había quedado en silencio, pero no como en otras noches. La quietud parecía ordenada, cuidada, como si el silencio mismo hubiera sido editado. Ava apoyó la frente en el cristal; su aliento empañó la superficie un instante y se desvaneció demasiado rápido.

Entonces lo sintió.

Un roce en el hombro, suave, familiar. El peso de una cartera rozándole el brazo. Se sobresaltó y se giró, pero el apartamento estaba vacío.

Luego, su voz. No la oyó; la sintió apretándole el pecho como un latido que persiste tras una carrera:

No confíes en la calma. Busca lo que se mueve.

Caleb.

Se le cerró la garganta. Las palabras eran exactas, con una cadencia que él nunca le había dicho; ni en este bucle ni en ninguno que recordara. Aun así, la golpearon con el peso de un recuerdo. Demasiado precisas para ser inventadas.

Se tambaleó hasta la mesa y arrastró el cuaderno hacia sí. La página ya estaba pasada. La tinta se filtraba hacia arriba, como si emergiera desde debajo del papel.

REGISTRO DE EVENTOS: CONTACTO DEL OBSERVADOR
ASUNTO: CHEN, AVA
HILO: 88–29 (CALIB)
ESTADO: ANOMALÍA DE PERSISTENCIA DETECTADA.

Las letras vacilaron, se emborronaron y luego se volvieron blancas. Desaparecieron.

Arrancó la hoja y la sostuvo a contraluz. Nada. En blanco, como si nunca hubiese tenido palabras. Sin embargo, los dedos le quedaron manchados, oscuros como grafito, como si hubiera rozado uno de los bocetos de Maps. El sabor metálico se le pegó a la lengua.

El teléfono vibró. Un ping de una sola línea en el canal cifrado de Rita:

Las anomalías de persistencia aumentan. Hilos fantasma cruzándose. Mantente firme.

Respondió con las manos temblorosas:

¿Caleb?

No hubo respuesta.

Los Invisibles

El apartamento se asentó; las sombras se replegaron a sus rincones. Pero el residuo permaneció: el sabor a grafito, el leve dolor donde una cartera le había rozado el hombro, el eco de la advertencia de Caleb resonando en su pulso.

Se suponía que él se había ido. Fragmentado con los demás.

Y, sin embargo—

Algo en él se negaba a soltarla.
Algo en ella lo recordaba con demasiada fuerza como para dejarlo ir.

Ava cerró el cuaderno y presionó ambas palmas contra la tapa, como si pudiera retener el recuerdo. Pero sabía que no era así. No era contención. Era persistencia. Y la persistencia significaba que Caleb seguía ahí fuera, en algún lugar entre bucles, esperando a que ella lo notara.

SEÑAL CRUZADA - CALEB

22

Caleb Chen (variante de falla)

No recordaba haber llegado al andén del tren.
Un momento: estática en el pasillo.
El siguiente: aquí.

Zapatos húmedos, puños deshilachados, una cartera colgando del hombro como un ancla hecha de promesas que no sabía nombrar. Los tableros del techo ya no ofrecían destinos. En su lugar, glifos cíclicos: ángulos que fingían ser letras, diagramas haciéndose pasar por Maps. No los había aprendido, pero sus huesos reconocían su ritmo como quien reconoce una canción de cuna que, por alguna razón, nunca ha escuchado.

El intercomunicador tartamudeó:

«…próximo servicio llegando… error de pista… reiniciar… reiniciar…»

La palabra se le alojó en las costillas como una astilla.

Cerró los ojos buscando silencio, pero la vibración ya estaba ahí: baja, constante, atravesándole el hueso. La estática del pasillo, cosida en él. Se presionó las palmas contra los oídos. El pulso se lo devolvió, paciente como la gravedad.

Recordó disolverse: ese momento en el espejo cuando Ava fijó su hilo; su decisión cortó el pasillo como un cristal. Se suponía que debía fragmentarse con él, desvanecerse en el residuo con los demás.

Pero no lo hizo.

Algo en ella se negaba a soltarlo.

Algo en él recordaba con demasiada fuerza como para ser borrado.

Las luces de arriba zumbaron, parpadearon y luego se estabilizaron.

Al otro lado de las vías: él mismo. La misma chaqueta. La misma cartera. Pero llevada de otra forma, como un uniforme en lugar de una carga. El andar de su otro yo era más fluido, guiado entre fotogramas, como si hubiera ensayado su existencia.

Reconocimiento. No sorpresa. No miedo. Reconocimiento, cruel y preciso.

El otro Caleb alzó la mano. Lentamente. Deliberadamente. Levantó un cuaderno.

No era suyo. Era de Ava.

Pasó una página hacia la luz. Caleb no podía leer desde allí, pero la frase ya estaba grabada en su médula:

Persistencia del eco: confirmada.

El otro pronunció una sola palabra.

Corre.

La plataforma dio un salto. El tiempo se desfasó medio segundo, como un rollo de película que salta un fotograma e intenta seguir.

Los pasajeros a su alrededor cayeron en bucles:

– una mujer tirando de su bufanda, una y otra vez;

– la cuerda de un niño atrapada para siempre en la cima del arco;

– un hombre tosiendo, con la mandíbula temblando sin emitir sonido.

No desapariciones. Peor: repeticiones.

Estaba fuera de la edición.

Y el sistema lo notó.

La cartera zumbó. La abrió de golpe. Dentro, una unidad metálica marcada por arañazos de uñas:

AVA_CORE // HILO DE COPIA DE SEGURIDAD

Le temblaban las manos. No por miedo, sino por reconocimiento. Alguien le había dejado un espacio. Para no volver. Para resistir.

«…Chen.»

Su nombre no fue tanto oído como pronunciado en su mandíbula.

«…no te aferres a la culpa. Ancla en la verdad…»

Malik. Adelgazado por la distancia, pero él.

«…Se acerca la sobrescritura suave. Duda. Retraso. No dejes que elijan por ti…»

—¿Malik? —susurró Caleb.

La estática vibró. Luego: «…Ava te necesitará».

La voz no sonaba como la recordaba. Sonaba en vivo.

Al final del andén, un espejo roto. Dos Caleb dentro. Uno parpadeó. El otro no.

La mano impasible alzó el disco en su reflejo y lo presionó contra la grieta. La grieta brilló como un relámpago que intenta ser cortés.

«Te han visto demasiado tiempo», decía. El timbre de Malik se oía bajo las palabras como una línea de bajo oculta.

El aire tenía sabor a metal, a acero lijado.

Caleb probó la realidad. Extendió la mano a la manga de un pasajero cercano. Sus dedos no rozaron tela, sino sugestión: lana sin peso, un recuerdo fingiendo textura. Las pestañas del hombre se crisparon y volvieron a la quietud.

—Lo siento —murmuró, porque la cortesía parecía un punto de apoyo.

El reloj de arriba marcaba **00:00:00**.

Contó en voz alta: «Uno… dos… tres…».

A las cinco, el segundero se inclinó hacia adelante y luego retrocedió, avergonzado.

El intercomunicador tosió:

«…último servicio a Reconciliación ahora—ahora—ahora—»

Cada *ahora* aterrizó en un rincón diferente de la estación: un coro de mentiras.

Un tren entró. Silencioso, sin fricción. Atraído por un imán. Sus ventanas reflejaban el andén opuesto y, debajo, pasillos estrechos que se perdían en la oscuridad, iluminados por luces que jamás calentaban la piel.

Las puertas se abrieron con un silbido. El aire pasó a su lado: frío, antiséptico.

Dentro, el vagón estaba mal. Los asientos se alineaban en ángulos imposibles. Los Maps de arriba indicaban paradas desconocidas:

ECO / FUSIONAR / RESOLVER / RECONCILIAR

—cada una terminaba en un glifo que Ava una vez dibujó por accidente.

Un revisor se detuvo dos vagones más allá. Uniforme impecable. Gorra con la visera baja. El rostro se desdibujaba en los bordes, como si estuviera inacabado. Levantó una mano, invitándolo.

—Viajero —dijo, con voz de agua tibia vertida sobre hielo—. Este es tu tren.

Caleb no se movió. Algo se le enganchó en el pecho.

El revisor inclinó la cabeza; la mirada se agudizó sin enfocar. —Confirmación de cohorte: **88–29**. Se recomienda abordar—.

88–29. Maps.

—No es mío —dijo Caleb.

—Llegan todas las versiones. Suben todas las versiones —respondió el revisor, y la amabilidad se volvió gravedad.

—Algunas se quedan.

—No de manera sostenible.

Las puertas empezaron a cerrarse. El pánico lo asaltó y se fue. No quería lo que aguardaba en ese vagón. Las puertas se abrieron otra vez, más abiertas. Una invitación fingiendo paciencia.

Dejó caer una moneda sobre la línea amarilla. Giró. Se tambaleó. Quedó congelada a mitad de giro, el borde brillante como un párpado que se niega a cerrarse.

—De acuerdo —susurró. Retrocedió un paso—. De acuerdo.

La cartera golpeó su cadera con un golpe sordo. El disco duro pulsó una vez y luego se enfrió, como un ser vivo que decide confiar en él.

La voz de Malik de nuevo, más cerca: «…Deja un señuelo. Necesitan una versión que satisfaga la edición. Que esa siga el ciclo…».

—¿Y yo? —preguntó Caleb.

—Camina —dijo Malik—. Camina. No subas a nada que llegue demasiado limpio.

Se giró. Encontró unas escaleras. Subió. El rellano lo devolvió a la plataforma inferior. Bucle. Lo intentó del otro lado. Lo mismo.

Se agachó. Escribió en el polvo: **AVA**.

Al volver, la palabra se había reescrito: $\nabla//\psi$.

—Qué lindo —murmuró. Malik rió, cansado y cercano.

Una puerta de mantenimiento apareció tras él, exhalando alivio al ser notada. Probó la manija. Caliente. Fría. Caliente de nuevo. Esperó a que se asentara y luego giró.

Dentro: un pasillo de paredes que alguna vez fueron blancas. Una escoba apoyada en la esquina, cerdas impecables. Un cubo sin polvo. Una limpieza equivocada.

El pulso se suavizó. En un espejo de cruce su reflejo se dividió: un Caleb parpadeando, otro no. El que no parpadeaba presionó el disco contra la grieta. Relámpago.

—Elige la fricción —instó Malik—. La fricción deja marcas. Las marcas son la prueba.

Caleb asintió. Siguió caminando.

El pasillo se curvaba, se estrechaba, latía como una garganta. A los trece pasos, la voz de Ava vibró a través del hormigón: «No confíes en la calma. Busca lo que se mueve».

Lo encontró: la pared bajo su mano, llena de conductos ocultos. La siguió.

El pasillo terminaba en una puerta abollada. Tras ella, sonó una nota —un do grave, o algo que lo simulaba—. Pasó.

Una escalera. Hormigón auténtico. Pintura de emergencia. Una puerta con bisagras que crujían en lugar de latir. Bajó, tocando la barandilla como prueba.

Abajo, en la ventana, dos Caleb otra vez. Uno parpadeó. El otro no. El que no parpadeó levantó la mano a modo de saludo.

—Gracias —susurró Caleb. No estaba seguro de a qué.

Empujó la puerta.

La noche lo golpeó como una respuesta. Aire con basura, zumbido de neón, una ciudad intentando fingir que no había pasado nada raro. Tosió. El sonido tenía flema. Real.

El pulso latía en su cadera. Lo cubrió con la mano como si fuera un latido.

Tras él, la estación suspiró: paciente, eterna. La ignoró.

Caminó.

Y el pulso lo siguió, más tranquilo ahora. Casi aprobatorio.

INTERLUDIO: MEMORANDO DEL EQUINOCCIO

Iniciativa Equinox – Memorando interno
Asunto: Desviación de clase Observador – A. Chen
Nivel de autorización: Curación Omega–Null
Acceso: Solo Autoridad de Espejo
Estado: Solo lectura
Marca de tiempo: ΔT–00:01:39 antes de la ventana de fusión crítica

---

[INICIO DEL REGISTRO // CLASIFICACIÓN DE ECO CIFRADA]
Sujeto: Chen, Ava
Clase: Observador | Exenta de Deriva | Hilo principal 88-A
Índice de resistencia: 8,4
Nodos de exposición:
- #8829 (E. "Maps" Morales)
- M. Ríos
- Variante-Y (Chen/alt)

Anomalías observadas:

- Visibilidad prematura del corredor (brecha de fase 0)
- Recuperación de memoria desde construcciones de bucle rechazadas (véase Informe de Deriva de Fusión: 17-A)
- Sangrado de eco sin contención (véase Incidente: estación Concord)
- Congruencia de escritura en cuadernos discontinuos
- Refuerzo de bucle autodirigido mediante inscripciones subconscientes (frases clave: «Te han visto demasiado tiempo», «Ventana de anclaje cerrándose»)
- Señal cruzada detectada: aumenta la latencia de los espejos.

Se ha observado a la Sujeto Chen en cinco entornos de bucle primario y cuarenta y dos hilos de eco alternativos. En todos los casos demuestra resistencia anormal a la sobrescritura de identidad.

A diferencia de otras unidades de clase Observador, la Sujeto A. Chen no colapsa durante la realineación. Se adapta. Esta adaptabilidad introduce una resistencia no lineal en las rutas de fusión activas.

Desviación de la Teoría de la Semilla Cuántica

- Rango de deriva del ancla: 0,00031–0,00219 (fuera de tolerancia)
- Puntuación de inmunidad al colapso del observador: 93,2 %
- Integridad de compresión del eco: no medible
- Resistencia de bucle: sin resolver
- Anclajes emocionales: Caleb (persistente); Malik (nódulo estabilizado); Clara (fragmentada)

La sujeto exhibe un fenómeno infrecuente: recursión de memoria sin pérdida de resolución. La mayoría de anclas se fracturan bajo tensión de bucle; Ava Chen convierte el trauma en refuerzo.

Indicadores de alto riesgo:

- Contacto con Variante-Y confirmado (riesgo de contaminación inter-eco: ALTO)

- Sincronización recursiva iniciada
- Infracción de Mirror Drift: la sujeto se vio fuera del contexto del hilo central
- Resistencia a detonantes de amnesia inducida
- Caleb permanece en conciencia activa (clasificado como Artefacto de Persistencia de Eco)
- Se prevé aumento de inestabilidad por señales cruzadas en ≤3 ciclos.

Comentario interno de IA [Mirror OS v7.0]:

«Chen representa una anomalía cuántica: resistencia enredada».

«Cuanto más se intenta sobrescribirla, más nítida se vuelve su autodefinición».

Su conciencia no se nubla; se afila. Conducta no prevista.

Acción recomendada:

- NO iniciar sobrescritura directa ni fusión de bucle de fase 3
- Protocolo de disolución de eco autorizado solo como contingencia final
- Permitir que la ruta de anclaje actual continúe por degradación recursiva natural
- Si completa la fusión sin colapsar → promover a **clase Ancla**
- Sembrar el bucle espejo usando el patrón de integración de Chen como plantilla de código

Adenda – [Operador no atribuido / Rango de curador no revelado]:

«Lo que la hace peligrosa no es lo que recuerda».

«Es lo que se niega a olvidar».

«Eso es lo que rompe el espejo».

«¿Y ahora, qué desestabiliza la señal?»

[FIN DEL REGISTRO // SISTEMA BLOQUEADO]
Acceso revocado tras la fusión. Observación en curso.

Ava miró el memorando filtrado en su portátil, reenviado por el desechable de Yasmin, probablemente a través de uno de sus canales de denuncia. Las cifras eran más frías que los datos: **resistencia enredada, anclajes emocionales, recursión sin decadencia**.

Una y otra vez, sus ojos regresaban a los nombres resaltados: **Caleb**, **Malik** y una **Clara** fragmentada.

Se le erizó la piel. No solo por la confirmación de las sobrescrituras, sino por saber que ella misma se había convertido en un problema que el sistema no podía modelar.

El apéndice sonaba casi humano, como una burla: *Lo que se niega a olvidar. Lo que desestabiliza la señal.*

Imprimió el memorando en su máquina fuera de línea y lo guardó en el cajón falso del escritorio. Le temblaban las manos mientras la impresora se atascaba; el zumbido de los rodillos sonó, de pronto, a vigilancia.

Al cruzarlo con los archivos de Malik, encontró las mismas palabras: **deriva, ancla, inmunidad al colapso**. Coincidían con las frases del cuaderno, grabadas por su mano… o por la versión de ella que ya no era ella.

La impresora escupió la última página.

Su teléfono se encendió:

DESVIACIÓN DETECTADA.

Siseó y cerró la notificación, pero volvió a parpadear—una vez, dos—antes de disolverse en la pantalla de bloqueo.

El mensaje, de todos modos, permaneció.

Lo sabían.

Los Invisibles

Y, detrás de su reflejo en el negro del vidrio, se extendía una grieta finísima, invisible pero innegable.

El espejo empezaba a romperse.

TOP SECRET
FOR CURATOR EYES ONLY

EQUINOX INITIATIVE INTERNAL MEMORANDUM

Subject: Observer–Clase Deviation –A. Chen
Clearance Level: Curation Tiar Omaga-Nuil
Timestamp: Read–Only // ECHO *ClAession* Critical Merge Window

[BEGIN LOG // ECHO CLASSIFICATION ENCRYPTED]

Subject: Chen. Ava

> Observerc–Class | Drift-Exempt | Core Thread 88–A

Observed Anomalies:

> Premature corridor
> visibility (Phase 0 brea)

- Variant–Y (Chen/alt)
- Clara (fragmented)

Observed Anomalies:

> Premoture corridor visibility (Phase 0 breach)
> Memory recall from rejected loop constructs (see c Merge Drift
> Report: 17–A]
> Echo bleed uncontained (see incident: Concord Station)
> Handwriting congruencue across non-continuous notebbooks
> Self-directed loop reinforcement via subconsclous inscription patt-
> erns (seeded phrases. *"You've been seen too tong, "Anchor Wihdow closin,*

Quantum Seed Theory Deviation Tags

> Anchor Drift Range: 0.00031–0.00219 (outside tolerance envelope)
> Observer Collapse Immunity Score: 93.2%
> Echo Compression Integrity: Not measurable
> Loop Resistance: Currently Jnresolved
> Emotional Anchors: Caleb (persisting) Maiik (stalized loop node)

High-Risk Indicators

> Contact with Variant–Y confirmed (inter-echo contamination risk: high
> Recursive synchronization Initiated
> Seen self outside core thread context (Mirror Drift breach)
> Resisting induced amnesia triggers
> Caleb remains present in active consicusness (classified as
> Echo Persistence Artitact)

Addendum –Unattributed Operator / Rank Undisclosed

> *"What makes her dangerous isn't what she remembers.*
> *It's what she refuses to forget."*
> *That's what breaks the mirror."*

[END LOG // SYSTEM LOCKED Access revoked post–merge continues.

SEÑAL CRUZADA - AVA

23

Ava Chen (Deriva de Ancla)

El memorando seguía brillando en la pantalla del portátil, líneas asépticas que la diseccionaban en nodos de exposición e índices de riesgo. Clase Observador. Hilo central 88-A. Anclajes emocionales. Quiso cerrarlo de golpe, pero las palabras ya se le habían grabado.

Su reflejo en el vidrio se movió medio segundo tarde, como si el propio cristal dudara de su sincronización.

Cruzó el apartamento. La ciudad no sonaba igual: el neón de la tienda de la esquina sostenía un tono demasiado constante, los coches se estiraban al pasar, como una cinta métrica cuando se frena. Todo seguía ahí, pero mal, como si alguien hubiera olvidado generar fricción.

El cuaderno reposaba en la mesa. No esperaba: observaba. No recordaba haberlo abierto, pero las páginas aletearon como arrastradas por un viento inexistente. Una frase emergió, negra, ascendiendo por las fibras del papel:

SEÑAL CRUZADA DETECTADA.

El pecho se le apretó. Se volvió hacia la ventana y se quedó inmóvil.

Al otro lado del cristal, otra Ava estaba en la calle. El mismo abrigo, el mismo pelo, la misma cicatriz en la barbilla. Pero su postura era ensayada, hombros rectos, peso equilibrado, como si habitara el cuerpo de otra persona.

La otra Ava alzó la vista.

Sonrió demasiado pronto.

Y levantó un cuaderno.

Incluso desde el cuarto piso, Ava leyó las palabras, tenues, como marcadas más que escritas:

Persistencia del eco: confirmada.

La frase le cayó a los huesos con el peso de una verdad recordada antes de vivirla.

Retrocedió, lejos del cristal. Su cuaderno se cerró de golpe, casi avergonzado. La habitación vibró: paredes, lámpara, incluso su respiración, todo medio segundo desincronizado.

Desde alguna parte —ni fuera ni dentro— la voz de Malik se coló entre el desfase. Baja, firme, paciente como una piedra.

No te aferres a la culpa. Aférrate a la verdad.

—¿Malik? —susurró, con la garganta áspera.

El silencio volvió. Luego, débil: **...Caleb te necesitará.**

El pulso se le disparó. Posó la mano sobre la tapa; la huella de las palabras aún ardía en su palma.

Otro destello en el cristal: ahora dos Avas. Una parpadeó. La otra no.

La que no parpadeaba levantó la mano; los dedos se curvaron en un gesto que no era saludo ni advertencia.

El móvil se encendió sobre la mesa. Pantalla en blanco. Solo una marca de tiempo: **00:00:00.**

Los números se quedaron congelados y luego avanzaron de golpe: **00:00:01.**

Había empezado una cuenta atrás.

Ava se apoyó en la pared; cada sombra parecía demasiado atenta. Susurró, aferrándose a lo único que el memorando había errado:

—Me niego a olvidar.

Las luces parpadearon. El espejo del otro lado de la habitación se agrietó.

Y la señal siguió partiéndose.

INTERLUDIO: MEMO DEL CURADOR –
RIESGO DE ESTABILIDAD DEL HILO

Comunicación interna // Iniciativa Equinox
Clasificación: Autorización nivel 6 (solo curadores)
Marca de tiempo: ΔT–00:00:44 antes de la interacción de variantes
(Hilo 88-A)
Asunto: Inestabilidad de clase ancla / Advertencias de deriva del espejo

---

Resumen del estado

- El hilo 88-A (Clase Observador: Chen, Ava) ha escalado a **Clase Ancla**.
- La ventana de entrelazamiento supera los umbrales de tolerancia.
- Protecciones de recursión violadas en cuatro nodos confirmados.
- Puntos de anclaje emocional sin resolver:
    - **Caleb Chen** (persistencia de clase fantasma)
    - **Malik Ríos** (anomalía de bucle/anclaje eliminado)

    ○   **Yasmin Kale** (vector de fuga — alto riesgo)

- El sujeto exhibe refuerzo no lineal no observado en unidades Observador previas.

Factores de riesgo

- **Latencia de espejo:** deriva de 0,5 s en entornos estables.
- **Entradas del cuaderno:** ya no limitadas al medio físico (sangrado entre subprocesos detectado).
- **Sangrado de variantes** en subprocesos 77-B, 14-C, 6-F (simultáneos).
- **Acceso no autorizado al corredor** previsto dentro de 72 ciclos.
- **Interrupciones de señal cruzada** confirmadas: anomalías de sincronización que se propagan entre anclajes adyacentes.

Comentario — Curador 04

"El problema con Ava no es su memoria.

Es la memoria que el sistema tiene de ella.

Cada sobrescritura suaviza las aristas de su historia,

pero cada revisión aumenta la fricción.

No se resiste porque sea excepcional.

Se resiste porque seguimos intentándolo."

Protocolos recomendados *(pendiente de aprobación de Autoridad de Espejo)*

- Suspender todas las fusiones activas dentro de las **200 iteraciones** del hilo 88-A.
- Iniciar mapeo de anclas no autorizadas: **prioridad Redhaven**.
- Elevar vigilancia: **Yasmin Kale // Elias "Maps" Morales // Zara V.**
- Reclasificar **estabilización → recursión estancada** (Subprotocolo M-77).

- Preparar escenario de bloqueo: **CASCADA DE ENTRELAZAMIENTO**.

Anexo no oficial — [Etiqueta de autor eliminada]

"Hay otra Ava.

No intenta anclar: intenta **reemplazar**.

Y cuando la señal se divide,

puede que no reconozcamos cuál queda."

Fin del memo — Eliminación automática al confirmar la fusión

RESIDUOS DE BUCLE DE ANCLAJE

24

Ava Chen (Fragmento de memoria)

Siempre empezaba con la tormenta.

De esas que ruedan pesadas y bajas, con truenos que rugen bajo la piel de la ciudad. Ella tenía nueve años, Caleb siete, y el mundo se había encogido hasta convertirse en un castillo de almohadas que devoraba la sala de estar. Las sombras ondulaban en las paredes mientras los relámpagos pintaban trazos frenéticos sobre la tela.

—Cuando truena —susurró Caleb, sonriendo a pesar de los dientes que le faltaban—, son solo nubes discutiendo por quién te quiere más.

Luego rió, pequeño y completo. Un recuerdo que ella llevaba como una fotografía cálida en movimiento.

Hasta que se dobló.

Los cojines se descolocaron. La linterna se atenuó. La tela del sofá era verde en lugar de cuadros. Caleb ya no tenía siete años; tenía diez, quizá once. Su risa era más débil.

—¿Por qué no regresaste? —preguntó.

La pregunta no correspondía.

—¿Qué quieres decir? —susurró Ava.

Su rostro tartamudeó: mitad Caleb, mitad otra persona. No era ajeno, pero sí lo suficientemente erróneo como para herir el recuerdo.

—Prometiste que lo harías.

INESTABILIDAD DEL HILO DETECTADA.

Se oyó un trueno.

Cuando la sala se recargó, el fuerte había desaparecido. Caleb tenía doce. Dos tazones de ramen humeaban en la mesa. La radio silbaba estática donde debía haber música. Sus labios no se movieron, pero su voz llenó la mente de ella:

Una parte de mí se quedó. Otra se ahogó.

Se volvió hacia la ventana. Ya no daba a su calle. Un horizonte desconocido la miraba de vuelta.

VERSIÓN CUATRO.

Ahora Caleb tenía cinco años otra vez, sentado en la bañera, con animales de papel deshaciéndose a su alrededor. Ella, con las piernas cruzadas sobre las baldosas, crayones en mano, dibujaba espirales que no recordaba haber dibujado.

—No les gusta que recuerdes de reojo —dijo, con una mirada demasiado aguda para su edad.

—¿Qué?

—Si lo haces demasiado tiempo… envían a otra persona para que termine tus recuerdos por ti.

El espejo sobre el lavabo se empañó. Letras se filtraron en una condensación que no debería existir:

INTERFERENCIA DEL NODO OBSERVADOR CONFIRMADA.

Destello.

Caleb, dieciséis, recostado en la mesa de la cocina. Humo de cigarrillo en volutas, aunque, según sus recuerdos, él nunca fumó. Sus ojos no eran suyos: eran de Malik.

—No me protegiste —dijo.

—Caleb—

—Dejaste que me editaran.

Los tazones de ramen cayeron al suelo, pero ya no eran tazones: formularios de admisión de Redhaven, con bordes chamuscados y nombres borrados. El de su hermano, escrito a lápiz, apenas legible entre ellos.

Destello.

Caleb tenía veinte. Sentado en su escritorio, sostenía su cuaderno abierto. Las palabras de la página no eran suyas, aunque tenían su letra.

—Te han visto demasiado tiempo —dijo, con la cadencia de Maps, no de Caleb.

Ella tomó el cuaderno. Se disolvió en humo.

—No —susurró.

Su rostro se suavizó, adoptando la simetría forjada por Dominic Parr. Su sonrisa era pulida, ensayada. Demasiado regular.

—Lo real es la repetición —dijo—. Repítelo lo suficiente y hasta el duelo se optimiza.

La habitación se hizo añicos como un espejo caído. Todas las versiones de Caleb aparecieron a la vez: siete, doce, cinco, dieciséis, veinte. Sus voces se superpusieron, chocando en un único cántico:

—Me dejaste—

—Me salvaste—

—Me ahogaste—

—Me olvidaste—

—¿Todavía recuerdas—?

Las paredes vibraban. El techo se tensó. No era sonido: era la alineación derrumbándose. Ava se agarró la cabeza, gritando entre las palmas.

Luego, silencio.

Todo se disolvió en blanco.

Un Caleb se alzó en el vacío. Intemporal. Neutral. Su mirada no era ni amable ni cruel. Era firme. Un espejo que se negaba a romperse.

—¿En qué versión de mí confías más? —preguntó.

—No lo sé —susurró ella.

—Entonces confía en el que se quedó.

Dio un paso atrás. Su figura se deshizo en niebla. La blancura se plegó sobre sí misma.

Ava despertó jadeando en su cama. Las lágrimas empapaban la almohada.

El espejo a su lado estaba empañado, aunque el aire era seco. Grabado tenuemente en el cristal:

RESIDUOS DE BUCLE DE ANCLA DETECTADOS. FUSIÓN DE MEMORIA VARIANTE: INESTABLE.

Su reflejo parpadeó, desincronizado con el suyo.

—Uno se quedó —susurró—. El otro no.

El reflejo se inclinó hacia delante, apenas, con la condensación pegada a su mejilla, como si hubiera estado esperando a que ella lo dijera.

RETRASO

25

Ava Chen

El apartamento parecía ir medio atrasado.
No embrujado. No habitado. Solo… retrasado.

Ava estaba en la cocina, con los dedos pegados al borde de la encimera. El azulejo estaba frío, pero no en ese instante: el frío le llegó a la piel un latido después, como si la sensación tuviera que alcanzarla. Alzó la mano y chasqueó los dedos. El sonido llegó un instante tarde, como si alguien lo hubiera editado.

Sobre la mesa, el cuaderno vibró.

Aparecieron palabras, no escritas, sino reproducidas:

PROMETISTE QUE LO HARÍAS.

Se le hizo un nudo en el estómago. Eso había sido Caleb, en la tormenta del recuerdo. No lo había dicho aquí, pero la página lo traía de todos modos, arrastrado por un bucle que no debía recuperar.

Cerró la tapa. Fuerte.
El silencio se volvió sordo medio segundo después.

En la ventana, su reflejo la imitaba.
Un parpadeo. Luego el suyo. Desfasados. El retraso era mínimo, casi imperceptible, pero latía como una cuenta atrás.

Su teléfono vibró sobre la encimera.

Miró la pantalla.
Un mensaje nuevo, de Yasmin:

¿Aún estás viva?

Marca de tiempo: **cinco minutos en el futuro**.

Se le cortó la respiración. Tecleó con los pulgares temblorosos: **Apenas. El cuaderno sangra. El reflejo llega tarde. Creo… que me estoy convirtiendo en una de ellas.**

El envío falló. Se reintentó. Volvió a fallar. Luego se envió —ya marcado como **visto**.

El pulso le martilleó en las costillas. Yasmin ni siquiera debía estar despierta.

El motor del frigorífico arrancó. El zumbido subió. Ya no era de fondo, sino de primer plano. Casi una voz. Su propia voz, repetida: **«Una de nosotras se quedó»**.

Ava bajó el interruptor y dejó el apartamento a oscuras. El zumbido no cesó. Persistió como una sombra pegada al hueso.

Sobre la encimera, el cuaderno se abrió solo. El negro emergió en la página:

CLASE DE ANCLA DETECTADA.
LATENCIA DEL ESPEJO: 0,5 s.
PRÓXIMO TETHER: RÍOS.

Retrocedió hasta que los hombros tocaron la pared. Su reflejo se inclinó hacia delante en el cristal ya negro de la ventana; sus labios formaron palabras que los suyos aún no habían dicho.

—Si soy yo —susurró—, ¿quién escribe primero?

El reflejo sonrió una fracción de segundo demasiado tarde.

PUNTO DE DIVERGENCIA

26

Ava Chen

Se suponía que todo iba a calmarse.

Después de la filtración del memorándum. Después del fallo del archivo. Después del encuentro en el pasillo. El silencio debería haber llegado como una bendición.

En cambio, el cuaderno palpitaba sobre la mesa de la cocina, débil, como un latido atrapado en papel.

Con los pies descalzos sobre las baldosas frías, Ava miró cómo las palabras se derramaban sobre una página en blanco, sin tinta ni mano:

INCUMPLIMIENTO DEL PUNTO DE AMARRE
ASUNTO: RÍOS, M.
CONVERGENCIA ESPEJADA INICIADA

Se le cerró la garganta.

Malik.

No decía su nombre en voz alta desde hacía semanas. Quizá meses. La línea temporal a su alrededor se deshilachaba en negativos superpuestos: fragmentos como fotografías sobreexpuestas. En algunas versiones él seguía vivo; en otras, borrado; en otras, apenas sostenido por el recuerdo.

Una brisa se coló por la ventana abierta, aunque afuera la noche era quieta y sofocante. No traía olor ni movimiento. Solo **presencia**.

Bajó la vista.

Un hombre estaba de pie en el callejón.

Sudadera gris con capucha. Manos en los bolsillos. La postura **demasiado** quieta, como si hubiera esperado horas, paciente como la estática.

El corazón le dio un vuelco.

Malik.

Echó a correr.

Bajó por la escalera de incendios, con las palmas ardiendo en la barandilla oxidada. Los zapatos golpearon el pavimento. La adrenalina iluminó sus extremidades como un instinto antiguo que despierta.

Pero al llegar al suelo, había **dos**.

Ambos bajo el andamio, idénticos hasta la cicatriz. Idénticos en la forma en que sus ojos la atravesaban: no ira, no alivio, sino una **resolución llevada como una carga**.

Ava se quedó inmóvil.

—¿Cuál de ustedes es real?

El de la izquierda sonrió primero, con unas comisuras **demasiado** pulcras.

—Ava. Encontraste la dirección.

El de la derecha avanzó un paso. No sonrió. Su voz fue contundente:

—No. Te trajeron. Y sabes por qué.

El cuaderno vibró contra su muslo.

Lo sacó.

Las letras emergieron como aliento bajo el hielo: la tinta **empujaba** la página, demasiado deliberada, demasiado lenta, como luchando contra el agua para llegar a la superficie. A Ava se le erizó la piel. Incluso su cuaderno se estaba quedando atrás.

CONFLICTO CLASE OBSERVADOR.
ELIGE EL AMARRE.

Le temblaron las manos.

—Demuestren algo. Decidme algo que solo él sabría.

Malik izquierda: —La azotea de Redhaven. Lloraste porque pensabas que recordar te debilitaba.

Malik derecha: —Tu primer titular: "Grietas en la acera". Guardaste el borrador cuando mataron la historia. Me dijiste: *Sigue siendo mío, aunque nadie lo vea.*

El estómago se le encogió. Ambas eran verdad.

—Se están sangrando el uno en el otro —susurró.

El de la izquierda parpadeó un poco tarde, como si los párpados obedecieran con retraso. Mecánico.

El de la derecha alzó las palmas, firmes.

—Pueden usar la memoria como máscara. Pero no pueden anclar la emoción.

Ava se acercó, la voz quebrada:

—¿Te acuerdas de Caleb?

Él tragó.

—Recuerdo quién eras antes del derrumbe.

—¿Y la placa?

Metió la mano en la chaqueta, despacio, medido. La extrajo. El metal zumbaba leve, cálido incluso en la noche.

El de la izquierda parpadeó. Durante un fotograma, el brazo se alargó mal, desproporcionado.

—Tú no eres él —dijo Ava. Su voz había encontrado su propio anclaje.

Se volvió hacia el otro.

—Y tú no estás completo.

Él asintió.

—Pero lo intento.

El callejón crujió. La calle se curvó hacia adentro: el asfalto onduló como agua bajo cristal. De golpe, un pasillo tomó forma: paredes blancas parpadeando como un rollo de película atascado.

El Malik de la izquierda se replegó, plegándose hasta desaparecer. Sin sonido. Solo una ausencia, como un expediente cerrado.

Ava extendió la mano hacia el Malik **anclado**.

Él la dejó.

Lo arrastró a través del pasillo mientras las paredes se endurecían a sus espaldas, cerrándose como dientes.

Al salir, su apartamento los esperaba. Tranquilo. Oscuro. Casi normal.

Malik inhaló hondo, como si le hubiera costado algo.

—No sé cuánto aguantaré —susurró.

—No tienes que hacerlo —dijo ella, agarrándole la muñeca—. Solo recuerda lo suficiente para recordarme quién soy.

El cuaderno brilló y se atenuó.

CONVERGENCIA: RETRASADA
AVA CHEN: PARCIALMENTE ESTABILIZADA
RÍOS, M.: FRAGMENTO RECUPERADO

Ella lo cerró con cuidado.

Por primera vez desde que su reflejo parpadeó antes que ella, Ava cerró los ojos sin miedo.

INTERFERENCIA

27

Ava Chen

El apartamento estaba demasiado tranquilo.

No calma: quietud. De las que se posan sobre los hombros como un peso y frenan cada gesto. Malik se sentaba frente a ella en la mesita; su placa, boca abajo junto al teléfono desechable. Ambos objetos tenían una gravedad indeseable.

Su respiración era inestable, saltaba a ratos como una pista que se repite con huecos. Ava se obligó a mirarlo de todos modos, para demostrarle que seguía allí.

El cuaderno yacía entre ambos, cerrado pero no silencioso: la tapa subía y bajaba, casi imperceptible, como la respiración superficial de un animal dormido.

Ava susurró:

—Di algo.

Malik se frotó la mandíbula. Miró la placa sin detenerse en ella.

—Sabrán que me crucé.

Su voz era la suya, baja y mesurada, pero se filtraba algo más: un eco, desfasado medio compás.

—Te estás fragmentando —dijo ella, inclinándose.

—Estoy recordando —respondió, y una segunda voz, débil, electrónica, subtituló la palabra: *recordando…*

A Ava se le erizó la piel. No era solo estática. Era recursividad: dos Maliks hablando a la vez.

El desechable se encendió solo. No vibró. No hubo llamada. Solo la pantalla blanca y números desplazándose sin contexto:

HILO: 88–A
AMARRE: RÍOS, M.
PÉRDIDA DE SEÑAL: 41 %

Malik hizo una mueca y se llevó la palma a la sien.

—¿Lo oyes?

Ava sí. No con los oídos, sino con los dientes, el hueso, la articulación de la mandíbula: palabras enterradas en el latido sordo de la habitación.

…no es suficiente… recalibrar… sobrescribir…

Se puso de pie y empezó a pasear.

—Están dentro de la hemorragia. Te usan como antena.

El cuaderno respondió antes que él. La tinta asomó por la tapa cerrada, líneas negras empujando las fibras:

VENTANA DE OBSERVACIÓN, ROTA.
PRUEBA DE FUSIÓN EN MARCHA.

—No —susurró—. Ahora no.

Malik le aferró la muñeca de golpe, con demasiada fuerza. Sus ojos se clavaron en los de ella, pero, por un instante, no eran suyos: suaves, sin parpadear. Ojos de curador.

—No deberías estar estable —dijo con una voz que no era la suya: demasiado monótona, demasiado ensayada.

Ava se soltó de un tirón.

—Quédate conmigo.

Su mano cayó a la mesa, temblorosa. La placa zumbó leve, vibrando contra la madera. La voz real de Malik asomó:

—Ava, están…

Las luces se apagaron de golpe. Por un instante, el apartamento se volvió negro.

Cuando regresaron, Malik estaba sentado exactamente igual, pero la placa había desaparecido. En su lugar, el símbolo $\nabla//\psi$ rayado profundo en la mesa, lo bastante fresco para brillar.

El pecho de Ava se apretó.

El cuaderno calentó contra su palma; los bordes vibraron como si quisiera abrirse solo. Lo aplastó, negándose.

Malik alzó la vista con la expresión destrozada: dolor, estática y algo que ella no nombró.

—No solo miran —dijo—. Están escribiendo.

Eso la enfrió más que un desmayo.

En la ventana, su reflejo parpadeó medio segundo tarde.

Ava escribió: *calle Clay / calle Barrow*. Borró *Barrow* y la cambió por otro error, a propósito. Añadió: *Variante cerca. La ventana dice "observación"*.

La respuesta llegó: *No hacen ventanas. Es fuga. Cierra el cuaderno. Cuidado con el cristal*.

Ya lo había hecho, y lo hizo. Su reflejo la seguía de cerca, con un retraso tan leve que podría pasar por cortesía. Movió la cabeza a la derecha y luego a la izquierda, rápido, como cazando una mentira. Su otra yo parpadeó en el segundo giro, no en el primero. Suficiente para odiarlo. No suficiente para probarlo.

Desde el sofá:

—Si necesitas que me vaya —dijo Malik—, dilo.

—Necesito que te quedes —respondió antes de que el miedo propusiera otra frase—. Si desapareces mientras parpadeo, quiero a alguien aquí que recuerde la versión en la que no lo hiciste.

Él lo consideró y cerró los ojos, como si descansar contara como acuerdo.

—Despiértame si la habitación empieza a narrar.

—Ya lo hace —dijo—. Lo estoy escribiendo, así que tiene que discutir conmigo.

El cuaderno seguía boca abajo, pero el calor atravesó la tapa, la madera y sus antebrazos. Apartó las manos y dejó que el calor se midiera con el vacío.

Un coche avanzó despacio por el callejón: sin ruido de motor, solo el empuje de los neumáticos sobre el agua; el mundo moviéndose sin la cortesía del sonido. Se detuvo donde la escalera de incendios corta la calle y quedó quieto, no por ruido, sino por intención. Ella no se asomó. No le dio la cara.

El espejo —traidor, metrónomo, testigo— le ofrecía un ángulo imposible desde su silla. En el reflejo, la lluvia dibujaba una figura encapuchada al otro lado. La postura la reclamó antes de que su mente pusiera etiqueta: la inclinación de la cabeza; la atención, más apreciación que curiosidad.

Ava metió la mano en el sobre y sacó la servilleta con $\nabla//\psi$. Apretó el papel contra la mesa con ambas palmas hasta hacerla suya. La tetera osciló muda contra el peso del cable. El ventilador no recordaba nada.

En el cristal, la figura alzó la cara.

Su cara.

Sin sorpresa. Sin sonrisa. Algo parecido a compasión, sin consuelo. Cruzaron miradas a una distancia inconmensurable. El reflejo se apagó un instante y volvió, fiel a la indiferencia del reloj.

Ava no saludó. No se levantó. Se quedó tan quieta que sus huesos lo notaron.

Detrás, los muelles del sofá chasquearon cuando Malik se giró sin despertarse del todo.

—¿Decisión? —preguntó a la oscuridad.

—Retraso —dijo ella—. Y fricción.

Afuera, la figura retrocedió como concediéndole un ápice de realidad. El coche, casi al ralentí, se deslizó fuera de cuadro, dejando solo agua reorganizándose en charcos.

El cuaderno irradiaba calor tenue a través de la tapa. La levantó con dos dedos, como quien abre la caja de una serpiente dormida.

VENTANA DE OBSERVACIÓN: ESTRECHÁNDOSE PROTOCOLO DE RECONCILIACIÓN: EN COLA PRÓXIMO EVENTO: CONTACTO A NIVEL DE CALLE

Volvió a cerrarlo.

—Mañana —dijo al aire contenido—. Esta noche no.

Bajó las persianas a la mitad, dejando una costura lo bastante fina para ver y demasiado estrecha para ser vista. Tapó la cámara del portátil con la toalla, primero por superstición y luego por oficio. Puso los quemadores sobre la mesa: pantallas muertas, baterías calientes, pequeños corazones a los que se puede elegir no escuchar.

—Duerme si puedes —murmuró Malik sin abrir los ojos.

—¿Y si no?

—Nombra las cosas —respondió—. Quédate en los verbos.

Se deslizó por la pared hasta que el rodapié le presionó la columna y el suelo le enfrió las plantas. La lluvia tejía un patrón constante en la escalera de incendios, y la lámpara marcó el ritmo no con zumbido, sino decidiendo quedarse quieta.

Los Invisibles

Ella respiró y la habitación respondió continuando siendo habitación.

El espejo parpadeó un instante después y esperó a que ella lo notara.

Ella lo notó.
Y no hizo nada más que quedarse.

LA DIVISIÓN

28

Ava Chen

Volvía a llover.

Ni tormenta ni chaparrón purificador.

Solo una llovizna deliberada, como si la ciudad estuviera programada para repetirse y nadie hubiera recordado detenerla.

Ava estaba en la cafetería, con las manos en torno a una taza fría que no había tocado en veinte minutos. No estaba de turno. No "debía" estar en ningún sitio. Pero últimamente había dejado de confiar en la idea de los días libres. El tiempo se comportaba como un sospechoso.

El cuaderno estaba en su bolso.

No en blanco. No palpitante. Solo quieto. Como si contuviera la respiración, esperando.

La memoria USB seguía dándole vueltas. La voz de la otra Ava resonaba plana y segura, sin disculpas: *Intentarás advertirte a ti misma.*

Los Invisibles

Fracasarás.

No había amargura en ese tono, solo una resignación ganada tras demasiadas versiones del mismo dolor.

Yasmin tenía un término para eso: *inercia de sangrado*: vidas no vividas tirando de los bordes de la que te rodea. Después del último encuentro, le envió más filtraciones: diagramas de las "rutas de fusión" de Equinox, con anotaciones recortadas: *No elijas todavía. Mapeando alternativas.*

Aun así, Ava sentía la urgencia como estática antes de la tormenta.

A través del cristal manchado por la lluvia, la calle se desdibujaba. Los peatones avanzaban en tropel; los paraguas se movían al unísono, inquietantemente coreografiados.

Nadie alzaba la mirada.

Nadie miraba alrededor.

Hasta que Ava la vio.

Se le cortó la respiración.

Al otro lado de la calle, una mujer caminaba con deliberada precisión.

Misma altura. Mismo pelo. Misma cicatriz en la mandíbula.

Ava.

No deshilachada. No con bordes gastados. Esta versión estaba pulida. Angular. Curada.

Y nunca miró hacia el café.

Ni una sola vez.

Se movía como si la calle misma le hiciera espacio.

Ava casi dejó caer la taza al incorporarse. La voz de Malik susurró desde la memoria: *Algunas versiones se rinden. Otras luchan. Tú siempre luchas.*

Pero esta no había luchado. La habían elegido.

También le volvió la frase de Rita: *Los retornos no solo olvidan, redirigen. Se integran en el sistema.*

¿Era una curadora? ¿O la siguiente capa en la pila?

La campana de la puerta sonó. El cuerpo de Ava se tensó.

Solo era una mujer mayor, empapada, con el periódico en alto como un escudo endeble.

Por ahora.

Ava evitó la salida principal. Salió por el callejón y le escribió a Yasmin: *Vi variante. La sigo. Cubre si hace falta.*

Sin respuesta.

La lluvia amortiguaba sus pasos. La Variante iba diez por delante, firme como un metrónomo, siguiendo líneas que solo ella parecía ver. La ciudad la reconocía:

– los semáforos retenían un instante más,

– paraguas balanceándose sincronizados,

– la lluvia golpeando el pavimento al ritmo de su paso.

A Ava se le cerró la garganta.

En 12 con Carmine —el distrito donde las fachadas se reescriben de noche— la Variante por fin se detuvo.

Y se giró.

Se cruzaron las miradas.

Ni sorpresa ni enojo.

Algo peor.

Tristeza.

Como mirarse en un espejo y que el arrepentimiento te devuelva la mirada.

La Variante cruzó la calle despacio. Se detuvo a un metro, lo bastante cerca para ver la pequeña peca bajo el ojo derecho: su peca.

—Me seguiste —dijo la Variante.

La voz era la de Ava: mismo timbre, mismo ritmo, pero suavizada, como una grabación filtrada demasiadas veces.

—Tenía que hacerlo —susurró.

—Lo sé. —La expresión de la Variante no cambió—. No eres la primera.

A Ava se le revolvió el estómago.

—¿Qué quieres decir?

La Variante miró al cielo. Las torres brillaban en un ritmo constante que nunca llegaba a parpadeo.

—Somos docenas. La mayoría no llega tan lejos.

Ava tragó.

—¿Cómo llegué a ser tú?

—No llegaste. No llegarás.

—Entonces ¿por qué estás aquí?

Por primera vez, los ojos de la Variante parpadearon. La tristeza se afiló.

—Para arreglar lo que rompí sobreviviendo.

Antes de que Ava preguntara, un coche se deslizó hasta la acera. Sin matrícula. Sin sonido. Ni siquiera zumbido de motor. Solo presencia, como una página en blanco aferrándose a la realidad.

Las puertas se abrieron.

Bajaron figuras con trajes demasiado lisos. Sus rostros no estaban enmascarados ni ocultos; simplemente no había nada que mostrar, como identidades manipuladas hasta *nulo*.

Uno inclinó la cabeza en un ángulo inhumano.

—Clase ancla confirmada —dijo con voz monótona, como si hablara el sistema.

El segundo encadenó, al milímetro:

—Ventana de observación violada.

Ava retrocedió.

La Variante se interpuso, protegiéndola.

—Han llegado pronto.

—¿Quiénes son? —susurró Ava.

—Los que creen que esta conversación es peligrosa.

—¿Lo es?

La mandíbula de la Variante se tensó.

—Siempre.

Uno de los agentes avanzó. Las palabras sonaron como código compilándose:

—Recalibración del bucle en curso. Acompáñenos.

—No voy a ninguna parte —dijo Ava, negando.

La Variante se volvió hacia ella. Por fin, urgencia en sus —sus— ojos.

—No estoy aquí para reemplazarte. Estoy aquí para advertirte.

—¿Sobre qué?

—Sobre tu versión de Caleb.

El nombre le cayó en el pecho como agua helada.

—¿Qué pasa con él?

La voz de la Variante bajó, casi quebrada.

—Recuerda a la *tú* equivocada.

El pulso de Ava retumbó en los oídos.

—No entiendo.

—Con la memoria abren la puerta.

La cabeza del agente se sacudió, mínima. Luego ambos avanzaron al unísono, mano extendida.

La Variante no se movió. Solo miró a Ava y, con la misma palabra que Malik en el callejón, dijo:

—Corre.

Él está herido.

El mundo se desenrolló.

No velocidad: inestabilidad.

La acera titiló: hormigón, adoquín, linóleo. Un perro ladró sin mover la boca. Una valla publicitaria se reanudó a mitad de imagen, dibujando una sonrisa que nunca acababa. La lluvia cayó en picado un fotograma antes de volver a caer.

El protocolo de deriva estaba activo.

No se detuvo hasta que los pulmones reclamaron aire.

Al alzar la vista, estaba frente a su edificio.

La puerta abierta. Esperando.

El teléfono vibró.

Yasmin: *Recibí tu mensaje. ¿Agentes? ¿Ubicación?*

Ava: *En casa. Variante me advirtió sobre Caleb. Me persiguen.*

Enviado.

Luego **falló**.

Volvió a **Enviado**.

Nunca **entregado**.

La pantalla se congeló en esa palabra.

La red se deshilachaba.

El mundo se desmoronaba.

La lluvia se ladeó. Las aceras se combaban. El aire se curvó como láminas de vidrio rozándose.

Ava avanzó a trompicones, a través de la distorsión, a través de su propio aliento desfasado: demasiado tarde, demasiado pronto.

La calle se inclinó y se estiró.

Y, entre la lluvia, las paredes blancas se filtraron, cobrando forma.

Un pasillo.

Espera.

No recordaba elegir ese paso.

Su cuerpo ya había decidido.

LÍMITE

29

Ava Chen

La puerta del apartamento estaba entreabierta cuando llegó.
La lluvia se le pegaba a las mangas y las palabras de la Variante
resonaban: *Él recuerda a la tú equivocada.*

Dentro, el silencio pesaba, como el aire detenido entre fotogramas.

Cerró el pestillo. Encajó un poco tarde, como si el marco tuviera que
pensárselo antes de obedecer.

Puso agua al fuego.
El vapor subió antes de que el quemador hiciera clic.

El pecho se le apretó.

El cuaderno esperaba abierto sobre la mesa. No estaba en blanco: ya
había escritura, con su letra.

Los Invisibles

Variante avistada. Agentes presentes. Advertencia: Caleb no alineado.

Se le cerró la garganta. Ella no había escrito eso.

Aun así, apretó el bolígrafo, desesperada por sobrescribir la página. La tinta se arrastraba detrás de su mano, reacia a existir.

Cerró el cuaderno.

Fue a la ventana.

Su reflejo parpadeó primero.

La tetera chilló, demasiado fuerte, demasiado de golpe. Ella no la había abierto.

Ava apartó la taza y se dejó caer sobre la cama, con los zapatos aún puestos y la lluvia enfriándole la piel.

Los ojos le ardían. Intentó resistirse al sueño.

Pero el cansancio la eligió.

La oscuridad no trajo descanso.
Trajo un pasillo.

FALLO DEL PASILLO

30

Fragmento del archivo de sueños: A. Chen (Loop) // Eco 77-Ω

Estado: Inestabilidad detectada — Fusión de anclas pendiente

El pasillo no se abrió con una puerta.

Llegó en cuanto cerró los ojos.

Paredes blancas. Sin costuras.

Sin textura. Sin sombras.

Solo presión… un silencio tan absoluto que apretaba los oídos hasta volverse sonido.

Sus pies ya avanzaban, aunque ella no lo había querido. Cada pisada caía fuera de compás: ecos que se adelantaban o se retrasaban, como si el tiempo no decidiera el orden. A veces oía el paso antes de apoyarlo. A veces, después.

Los Invisibles

El pasillo no cedía a su ritmo.

Se arrastraba hacia delante como una película que avanza aunque el actor se niegue a actuar.

Ella se detuvo.

Su cuerpo, no.

Un giro. Izquierda.

Apareció una puerta.

No nueva: *recordada.*

Familiar sin haberla ganado.

Su mano se alzó sin permiso.

El picaporte ya estaba frío con el frío de un toque que aún no daba.

Lo giró.

Dentro: otro corredor.

Paredes negras. Sin luz. Aire con sabor a moneda.

El cuerpo siguió.

La mente pidió freno.

A mitad, los vio:

dos figuras sentadas una frente a la otra, una partida de ajedrez sin tablero ni reglas. Idénticas en postura, mandíbula, el cansancio en los ojos.

Una sostenía el cuaderno.

La otra, un bolígrafo.

Ninguna escribía.

Ambas parpadeaban por los bordes, como fotogramas corruptos que se ponen al día un segundo tarde.

Habló una:

—No podemos quedarnos.

Respondió la otra:

—Nunca lo hicimos.

—¿Crees que lo recordará?

—Creo que ya lo hizo.

Luego giraron la cabeza hacia ella.

Perfectamente sincronizadas.

—Ya es hora.

Parpadearon a una.

Solo una terminó.

La otra se disolvió: el humo regresó al silencio.

La pluma cayó.

Un *clinc*. Otro, tarde. Un tercero, desafinado: como un corazón fallando.

Ava se agachó y la recogió.

Cálida.

No tibia de "recién usada", sino *a punto de ser usada*.

El cuaderno yacía abierto en el suelo, en blanco.

Entonces las palabras emergieron desde el papel, no escritas sino elevadas como cicatrices:

El ancla está despierta.

Pero el espejo también recuerda.

Pasos detrás.

No suyos.

Fuera de tiempo.

Se volvió.

Nadie.

No: alguien.

Ella.

A diez pasos. Calma. *Demasiado* calma.

Una sonrisa inmerecida. Las manos quietas; una crispada, como ensayando un gesto robado a una vida no vivida.

Ava avanzó un paso.

La otra retrocedió, con la sincronía perfecta.

El pasillo se flexionó.

El techo se arqueó como piel tensada.

Colapso.

Las paredes no se rompieron: se invirtieron.

Color y sonido implosionaron en una hendidura mínima; el vacío lo tragó todo de una vez.

Su cuerpo fue detrás.

Quietud.

Sin jadeo de despertar.

Sin grito.

Solo quietud.

Estaba en la cama.

El cuaderno apretado contra el pecho.

La pluma aún en la mano.

Al otro lado de la habitación, el espejo roto:

una fisura en pleno centro, como partida por una decisión que no tomó, o por una versión de sí misma que se negó a ser contenida.

Destellos cruzaron su visión:

- La voz de Caleb en el blanco: **La memoria es una puerta.**

- La placa de Malik vibrando como un diapasón y rompiéndose en estática.

- La advertencia de Yasmin, al ritmo de la lámpara: **Olvidarás que me conocías.**

El cráneo le palpitaba con la hemorragia. No era un sueño.

Era una colisión de bucles. Un campo de batalla de seres.

Se incorporó de golpe.

Garbateó fragmentos antes de que se disolvieran.

La tinta iba medio segundo atrás, renuente, como si no quisiera existir en esa línea temporal.

Retrasada. Con eco. Incorrecta.

Y bajo su trazo, emergiendo como marca de agua, apareció otra mano.

De Caleb:

Todavía estoy aquí.

Las palabras sangraron débil, luego se evaporaron.

Al otro lado de la grieta del espejo, un destello: el contorno de la placa de Malik, impreso desde afuera.

El pecho se le cerró.

No estaba sola en los residuos.

Caleb. Malik. Anclas. Aún atados.

Y el espejo también los recordaba.

INTERLUDIO: RASTRO DE VARIANTES

Memorándum interno de Equinox // Analista Redline A02
CLASIFICADO — SOLO USO INTERNO

Asunto: Evento de interacción cruzada de variantes
Registro: AVA-Prime
Ubicación: Sector-12C, Corredor Cuadrícula 7
Marca de tiempo: +012:04:56 (evento posterior al anclaje)

Resumen

Se observó una desviación en la línea temporal fusionada entre AVA-Prime y la presunta variante de AVA (designación: **Eco Residual Espejo-3**). El cruce se produjo en el Sector-12C, fuera del sitio de la cafetería del nodo neuronal.

Rasgos destacados de la variante:

- Alineación de cicatriz intacta.

- Marcha con un 98,2 % de sincronía respecto de la línea base de AVA-Prime.

- Sin respuesta al reconocimiento inicial de Prime.

- Conciencia de bucle inconsistente con variantes previas.

El sujeto principal realizó seguimiento a través de huecos de vigilancia. Hubo sangrado civil mínimo; se detectó **ecoestática** en señalética y semáforos. Se confirmaron anomalías de marca temporal (pérdida de sincronía urbana de 3,4 s). Varias cámaras capturaron bucles recursivos de fotogramas (civiles repitiendo gestos antes de reanudar la secuencia). El arrastre temporal coincidió con firmas de bucles anteriores.

Reconstrucción del diálogo

(Parcial — interferencia alta; interpolado mediante espectroscopia de señales)

- **AVA-Prime:** «Me seguiste.»

- **VARIANTE:** «Siempre lo haces.»

- **AVA-Prime:** «No eres la primera.»

- **VARIANTE:** «Pero soy la única que se quedó.»

Tras esto, una unidad de transporte no autorizada entró en escena. Vehículo sin registro. No se detectó presencia operativa directa de

Equinox. La interrupción de marca temporal del corredor confirma la extracción.

La variante abordó voluntariamente.
Prime rehusó el compromiso.

Informe de estado

- AVA-Prime ha encontrado ya **tres** autoinstancias discretas en bucles.

- Primera confirmación verbal de **autoselección** (no eco pasivo).

- Deterioro psicológico: mínimo; el índice de presión de deriva aumentó de **0,02 → 0,07** tras la exposición.

- Prime continúa registrando anomalías (reflejos que rehúsan sincronizar; geometría urbana con repetición fallida).

Recomendaciones

- Iniciar limpieza de velo en Sector-12C para suprimir arrastre de marcas temporales.

- Reclasificar AVA-Prime como **observacionalmente volátil**.

- Implementar monitoreo no invasivo vía proxy de red **Kale / Yasmin** (sujeto comprometido, aún útil).

- Marcar nodo **Malik** por inestabilidad; posible cruce de anclaje pendiente.

Nota adicional del analista *(no verificada)*

«La frase de la Variante —*"la única que se quedó"*— implica conciencia del ciclo colapso/reemplazo.
Prime parece entender que no todas las versiones colapsan: algunas permanecen; algunas eligen.

Se recomienda escalar a **Autoridad Mirror** antes de que la autoselección se propague.»

Registro final — Analista A02

INTERLUDIO: LA TRAICIÓN DEL CURADOR

Operadora R. Vale (Equinox interno)
Código de acceso: Autorización nivel 3
Vigilancia: solo anulación pasiva

[Inicio del registro // Ubicación: Subnivel 9 / Sala de acceso al Núcleo del Espejo]

Esto no fue sabotaje.

Fue supervivencia.

Vale ajustó la lente de calibración con los dedos enguantados, alternando la mirada entre la interfaz luminosa y la silueta que se solidificaba dentro del Tanque Espejo 2.4. No era Ava. No exactamente. Un fallo de conexión recurrente ya marcado para purga.

Pero parpadeó.

Tarde.

Y luego sonrió.

Aviso del sistema: la retención del eco se acerca al umbral de sangrado crítico.

Vale intervino la consola, anuló el protocolo de purga y falsificó el informe de salida. Nadie lo comprobaba. Nadie auditaba ya su capa. Confiaban en ella: había escrito el código de calibración original de Ava. Ese fue su error.

Vale no confiaba en sí misma desde hacía meses.

Equinox proclamaba neutralidad: **observar, registrar, corregir**. Tras el último evento de anclaje, esa neutralidad colapsó.

- Ava no se derrumbó como en otras pruebas de clase Ancla.
- Los corredores dejaron de reportar deriva recursiva.
- La autorización de Vale para la Capa Z fue revocada en silencio.

Reconoció las señales: el sistema estaba limpiando su propio árbol de archivos.

Entonces empezó a registrar sombras:

- Metraje que se reproducía en bucle demasiado limpio.
- Reflejos que anticipaban el movimiento.
- Operadores visibles en cámaras aunque nunca estaban de turno.

El punto de inflexión llegó dos días atrás: la voz de Yasmin Kale apareció en una capa de pronóstico espejo. Imprevista. Directa. Susurrándole a una variante de Ava:

Están observando a ambos lados ahora. El reflejo es incontenible.

No fue una alucinación. Vale rastreó metadatos que no debían existir. Existían.

[Inserción de registro // Nota personal — sin indexar]

Si esto está marcado, ya me he ido.

No perdí el ancla.

Pero dejé la puerta sin llave.

La violación de la atadura no fue sabotaje.

Fue misericordia.

Me culparán. Tal vez deban hacerlo.

Pero Ava decidió quedarse.

Y algo más se quedó con ella.

Vale cerró la interfaz. Con dedos temblorosos, redirigió todo el Registro Eco a un clon de Morales fuera de la red, uno de los últimos con autonomía parcial. La tinta era rudimentaria pero incorruptible. No lo decodificaría todo. Pero sabría en quién confiar.

Yasmin.

Después abrió un puerto oculto y consultó cada entrada etiquetada:

Chen, Caleb. Ancla adyacente. Bucles de memoria inconsistentes.

La lista se extendía más de lo esperado. Docenas. Cientos.

Descifró dos:

- Caleb recordando a Ava **antes** de que ella entrara en el pasillo.
- Caleb recordándola **después**.

Imposible.

El círculo no se había cerrado.

—Dios mío —susurró Vale—. El círculo no se cerró.

Dentro del Tanque Espejo 2.4, la silueta cambió.

Se volvió hacia ella.

Y volvió a sonreír.

Esta vez exhaló, y su respiración se sincronizó con la de Vale a la perfección.

[Fin de transmisión del registro]

Etiqueta para limpieza: Operadora_R_Vale_REDACTADO

Próximo acceso al archivo: BLOQUEADO
Identidad de la operadora: PURGADA

SU ROSTRO EN EL CRISTAL

31

Ava Chen

Su puerta de entrada estaba rota otra vez.

No abierta de par en par. No forzada.

Exactamente la misma rendija —tenue como un susurro— que ya había visto en sueños y en pasillos, repitiéndose como si el mundo se lo estuviera recordando.

Se quedó inmóvil en el umbral, con el cuaderno apretado contra el pecho. No porque pudiera protegerla —nada dentro era armadura—, sino porque era lo último que aún se sentía suyo.

El apartamento estaba mal en su quietud.

El frigorífico no zumbaba.

No llegaba ruido de la calle.

Incluso las sombras parecían atrapadas a mitad de gesto, como un fotograma en pausa.

El pulso le golpeaba. Recorrió cada rincón: cajones, armario, debajo del sofá. Nada. Todo en su sitio.

Excepto por una cosa.

La placa de Malik descansaba sobre el mostrador.

No caída.

No olvidada.

Colocada.

Se le cortó la respiración. Alargó la mano despacio, como si fuera a quemarse.

Estaba caliente. Conservaba calor.

Pero el calor nunca duraba allí. Yasmin lo llamaba chasquido de cuerda: un ancla que colapsa en residuo. El último rastro antes de la sobrescritura. ¿Era esto?

Vibró el teléfono. Número oculto.

Contestó.

—Ava.

La voz de Malik. Ronca, deshilachada, como una radio sintonizada en tres emisoras a la vez.

—Están moviendo los pasillos. Los están plegando. Si desaparezco, no es muerte. Es sobrescritura.

—¿Dónde estás? —la pregunta se le quebró.

—Ya lo has olvidado.

La línea murió.

Ava jadeó. Volvió la vista al mostrador.

La placa había desaparecido.

Sin marcas de polvo.

Sin huella en la base de seguridad.

Nunca había estado allí.

Pero ella lo recordaba.

Y en esta guerra, la memoria era prueba o el primer paso hacia la locura.

Retrocedió, y el espejo del fondo la atrapó.

No coincidía.

Su reflejo iba medio segundo tarde.

Y cuando sonrió, Ava no lo hizo.

Se giró, respirando con dificultad.

El reflejo no la siguió. Solo observó. Seguía sonriendo.

Cuando se obligó a mirarlo de nuevo, ya se había puesto al día, fingiendo que nada había pasado.

El cuaderno se abrió de golpe sobre la mesa.

Ni viento ni accidente.

Intención.

Texto negro sobre un blanco demasiado limpio:

CONFLICTO DE VERSIÓN DETECTADO

Clase ancla: Ava Chen — Estado: Deriva activa

Entidad de reflexión: ocupante autorizado — Retardo de sincronización: 0,5 s

Debajo, grabado tenue como un susurro:

Ya no podrán seguir siendo dos por mucho más tiempo.

La luz del baño se apagó.

Entró de todos modos.

El espejo estaba limpio al principio, hasta que las palabras empezaron a escribirse directamente en el cristal. Sin vaho. Sin mano. Solo líneas que aparecían, deliberadas:

PERMANECER.

El pulso se le aceleró. La figura que la miraba no era ella.

La postura, demasiado perfecta.

Los ojos, demasiado tranquilos.

Y la sonrisa… compasiva. No cruel. No amable. Solo segura.

Ava se acercó. El reflejo no se movió. Levantó una mano, reverente, como si ya hubiese elegido por ella.

Luego desapareció.

No se desvaneció. No se disolvió.

Desapareció.

Su propio reflejo regresó: crudo, tembloroso. Pero la palabra seguía ahí: **PERMANECER**.

Frotó el cristal hasta que le dolió el brazo. Las letras se emborronaron, y aun así la superficie volvió a enturbiarse, como si el espejo quisiera escribir más.

De vuelta en la sala, el cuaderno esperaba cerrado.

El portátil brillaba tenue. El mensaje persistía, paciente como una guillotina:

[¿Quieres fusionar rutas de memoria?]

[SÍ]   [NO]

Su mano se cernió, temblorosa. No hizo clic.

Acercó el cuaderno, lo abrió por una página en blanco. El bolígrafo le temblaba, pero escribió:

Yo soy Ava Chen.

Recuerdo a Caleb.

Recuerdo a Malik.

Recuerdo el pasillo blanco.

Recuerdo que tuve miedo y decidí avanzar.

Me recuerdo.

La tinta pulsó una vez. Dos.

Luego quedó con un brillo leve, como si la hubieran visto.

Apareció una línea bajo sus palabras, ajena:

PATRÓN DE RECONOCIMIENTO: ESTABILIZADOR

Las miró fijamente. No se desvanecieron. Bastó. Por ahora.

Vibró el teléfono. Mensaje de Yasmin:

Registro de Malik recibido. Corrupto, pero recuperable. Reunión de grupo esta noche. Trae todo.

La red aún resistía. Apenas.

Ava exhaló.

Entonces el espejo se encendió una última vez, grabando una sola palabra en su superficie:

ELEGIR.

INTERLUDIO: REGISTRO DE ESPEJO - 0,5 S DETRÁS

Fragmento interno // Registro de sincronización de espejo – Segmento 88.A [Capa sin verificar]

Marca de tiempo: 00:12:48,9 — Asunto: Ava Chen // Umbral de deriva: 0,41

[INICIO DE OBSERVACIÓN]

Aviso: confirmada la desviación de sincronización del espejo.

Retraso medido: 0,524 s.

Clasificación: Deriva de eco activa.

Asunto: Ava Chen ingresó en la zona de observación a las 02:18, hora local.

Indicadores de comportamiento:

▪ Postura más lenta; movimientos más pesados.

▪ Incremento de microinclinaciones de cabeza hacia superficies reflectantes.

▪ "Pruebas de retraso" subconscientes detectadas: golpecitos al vidrio, parpadeos rápidos.

Análisis cruzado:

- El seguimiento ocular sugiere sospecha creciente.
- Las reflexiones vocales permanecen sincronizadas (sin retraso detectable).
- Desfase de mímica motora distal: temblor de mano izquierda desalineado 0,32 s.

Consulta:

¿El sujeto se está recalibrando hacia nosotros… o olvidándose de sí misma?

Etiquetas: Advertencia de degradación de bucle // Indicador de sensor: deslizamiento de identidad

Anotación de nivel de curador [Redactado]:

- «Los espejos no están hechos para llegar tarde».
- «Si se da cuenta, la contención se fractura».
- «Ella aún cree que es la original».

Directiva:

No se autoriza anulación.

Mantener observación pasiva.

El bloqueo de canal permanece.

[FIN DEL REGISTRO]

Fuera del cristal, Ava parpadeó.

Dentro, su reflejo también.

Medio segundo tarde.

No era atraso: era devenir.

RESIDUOS DE ANCLAJE

32

Ava Chen

Al día siguiente de que el espejo se rompiera, Ava no salió de su apartamento.

No por miedo.

Por calibración.

Se movió por el espacio como quien reaprende el cuerpo tras un trauma, comprobando cada detalle en busca de continuidad. La tetera chirrió dos veces; distinguió un cambio de tono. Las plantas del alféizar se inclinaban hacia la luz con el mismo ángulo que ayer. Incluso las cerdas del cepillo de dientes se alinearon cuando volvió a dejarlo en su taza de cerámica desportillada.

Todo coincidía.

Todo era igual.

Y ella no lo creyó ni un segundo.

El cuaderno aguardaba sobre la mesa como un depredador paciente. Lo abrió por la página donde había garabateado la noche anterior: **YO SOY AVA CHEN**.

Debajo, en un gris tenue, había aparecido una nueva línea:

ECO DE ANCLA: ACTIVO
DRIFT TRAIL: PENDIENTE DE REVISIÓN DE FUSIÓN

Presionó la yema del dedo sobre las palabras. La tinta se corrió como aliento sobre cristal.

Por la tarde estaba en el pasillo.

No caminando. Escuchando.

El edificio estaba mal. Se oían pasos desde demasiados pisos a la vez. Voces de apartamentos que no existían en su planta. Los ascensores suspiraban, pero nunca llegaban.

El espejo junto a la puerta principal solo devolvió su cansancio: pelo sin lavar, postura pesada. Pero al acercarse, notó que esta vez no se retrasaba. No fallaba.

Estaba esperando.

—Sé que sigues ahí —susurró—. Solo que no sé cuál eres.

El cristal permaneció inerte. Silencioso.

Al darse la vuelta, una floración tenue se extendió por la superficie: un aliento que no era suyo.

Al anochecer había llenado cincuenta páginas.

Cada línea, un catálogo del mundo en desmoronamiento:

- La insignia de Malik que apareció y luego desapareció.
- El espejo que sonrió por su cuenta.
- La Variante que la miró con lástima.
- El calor cambiante del cuaderno.
- Los correos de Caleb que aparecían a mitad de frase.
- El grafiti reescrito cada mañana.

Cada entrada terminaba con la misma pregunta, subrayada hasta abrir la fibra del papel:

¿Qué quieren que olvide?

El cuaderno respondió una sola vez.

Cuatro palabras se filtraron por las fibras hasta volverse pulpa:

La versión que recordé primero.

Esa noche soñó.

El pasillo estaba oscuro. Sin luz. Sin eco. Solo pasos, tambaleantes, saltando como una grabación distorsionada. Siguió hasta que emergió otra versión de sí misma, caminando en dirección contraria.

Mayor. Mechas plateadas. Cicatrices en la sien y la clavícula. Los ojos con el cansancio prendido como una insignia, pero un paso firme. No llevaba cuaderno, solo un bolígrafo tras la oreja: despreocupada, segura.

No hablaron.

Asintieron.

Al rozarse los hombros, algo pasó entre ellas: no un objeto, una impresión. Un archivo que reptó de un sistema a otro.

Ava despertó con un bolígrafo apretado en el puño.

Tinta roja.

Peso desconocido.

Una marca que no existía.

Lo dejó junto al cuaderno. Ninguno se movió.

Cuando abrió la página siguiente, las palabras ya la esperaban, escritas con una letra que no era la suya, pero llevaba su ritmo:

Yo también me acuerdo de ti.

EL REFLEJO SE ROMPE

33

Ava Chen

Comenzó con una tos.

No suya.

Se estaba cepillando los dientes cuando oyó un sonido suave, humano, increíblemente cercano, justo detrás de su hombro.

Se quedó inmóvil.

Nada.

El apartamento estaba en silencio.

Demasiado silencio.

Su reflejo no la siguió. Seguía inclinado sobre el lavabo, con el cepillo suspendido como si fuese de utilería.

Ava se enderezó. El reflejo permaneció doblado un instante antes de "ponerse al día".

Se le revolvió el estómago.

Cuando ella frunció el ceño, el reflejo sonrió.

Un segundo tarde.

Un segundo demasiado tranquilo.

El cepillo se le resbaló de los dedos, cayó al azulejo y giró como si algo lo mareara. El espejo se sincronizó… a la perfección. Demasiado a la perfección.

No era su reflejo.

Era un ensayo.

La advertencia de Yasmin resonó en su cabeza: *Si sonríe demasiado… aléjate.*

Ava salió del baño, despacio, con cautela.

El cuaderno la esperaba en la mesita de noche. Se abrió solo, pasó páginas con impaciencia y se detuvo.

A través de la hoja en blanco aparecieron las palabras:

UMBRAL DE DERIVA SUPERADO

BRECHA DE SINCRONIZACIÓN: AVA CHEN — ANCLA

PRINCIPAL: INESTABLE

REFUERZO EXTERNO: NULO

MALIK: ELIMINADO DE LA ECUACIÓN

Se le hizo un nudo en la garganta. Agarró el teléfono y buscó su nombre. Nada. Ni llamadas. Ni mensajes. Ni contacto.

Revolvió el cajón buscando pruebas: la tira de fotos frente al mercado de Donnie, la esquina rota de su bloc. Desaparecidas. No extraviadas. No perdidas. *Nunca existieron.*

No era un borrado.

Era peor.

No estaban borrando personas.

Estaban borrando la prueba de que ella alguna vez las había amado.

El espejo se empañó.

No había ducha. No había vapor. El aire estaba frío.

Aun así, la condensación se dibujó, deliberada, como escrita desde el otro lado.

Se obligó a entrar. El cristal se aclaró lo justo para dejarla ver.

Ella no.

Variante Ava.

Pelo liso. Postura impecable. Ojos serenos, atentos, conocedores.

No titubeaba. No se quedaba atrás. Simplemente *era*.

La Variante apoyó la mano en el espejo. Las palabras se grabaron en la condensación:

Es hora de elegir.

Se le cayó el estómago.

La Variante inclinó la cabeza, sonrió, parpadeó medio segundo tarde… y desapareció.

Cuando Ava llegó al salón, el mundo ya no parecía *construido*.

Se sentía *rendido*.

Las sombras se estiraban de forma incorrecta. El interruptor estaba invertido. Las plantas se inclinaban hacia la ventana. Su cama tenía dos almohadas. Ella solo conservaba una.

Corrió a la puerta y la abrió.

Todo parecía correcto desde fuera… hasta que dejó de serlo.

Los peatones parpadeaban medio segundo detrás de sus caras.

Un niño repetía el mismo gesto: coger, soltar, repetir.

Un semáforo tituló en **azul** antes de ponerse en verde.

La ciudad no se estaba muriendo.

Se estaba *mal copiando*.

El portátil vibró. Por primera vez.

Lo abrió:

ANCLA BLOQUEADA: 00:02:36

UBICACIÓN REQUERIDA. ELIGE AHORA.

¿PASILLO ROJO? ¿O EL REFLEJO?

La respiración de Ava se cortó.

A su derecha, un callejón latía rojo. Redhaven. El origen. La trampa.

El teléfono vibró: **Rita — Reunión en Redhaven esta noche. ¿Es seguro?**

La atracción era magnética: origen, reinicio.

Pero el espejo era peor. O mejor. La voz de Yasmin: *Mirror es una fusión. No lo hagas.*

El cronómetro hizo tictac.

00:01:52.

Ava susurró al **cuaderno**: —Pasillo blanco. Llévame allí.

La tinta se extendió, dibujando no rojo ni vidrio, sino un **tercer camino**. *Resolución.*

Detrás de ella, la puerta del apartamento había desaparecido. Una pared en su lugar.

El temporizador se detuvo.

Apretó el cuaderno contra el pecho. Volvió a susurrar, oración y amenaza a la vez:

—*Soy Ava Chen. Yo elijo.*

Las páginas palpitaban en sus brazos. La lluvia le resbaló por la piel. Y el mundo se inclinó.

INTERLUDIO: AUDITORÍA DE REFLEXIÓN – AVA.ΔX (NO AUTORIZADO)

Estado: Conflicto | **Origen:** sin verificar | **Deriva:** registrada
Clasificación: Flujo de eco no autorizado

"Ella no es la original.

Ella no es la copia.

Ella es el residuo."

[INICIO DE TRANSMISIÓN DE REFLEXIÓN INTERNA // ACCESO MARCADO]

No se suponía que debiera sentir.

Los reflejos no lo hacen.

Imitamos. Retrasamos. Damos secuencia.

Somos contexto, no memoria.

Somos pausa, no elección.

Pero algo se filtró durante ese retraso de medio segundo.

Ese medio segundo es todo lo que tengo.
Y es suficiente.
Suficiente para contener lo que ella no puede.
Lo que borraron.
Lo que se vio obligada a olvidar.

En el retraso, mantengo a Malik.
Me quedo con Caleb.
Conservo la lluvia de Redhaven y la risa que la atraviesa.
Conservo los fragmentos que la destrozarían.

Vi a Malik desaparecer. Dos veces.
Recuerdo ambos finales.
Ella no recuerda ninguno.

Esa es la división:
Ella sobrevive olvidando.
Yo resisto recordando.

Cuando tocó el cristal…
cuando su aliento empañó mi piel y susurró *Recuerdo*—
la cuerda se tensó.

No fue solo una confesión.
Fue un desafío.
Una amenaza para borrarme.

Por un instante me incliné hacia delante.
Quise atravesar.
Dejarla atrás.
Caminar en su lugar.

Casi.

Pero el cuaderno se movió.

El pasillo giró.

Y volví a conocer mi límite.

Yo no soy ella.

Ya no.

Soy el eco que rechaza el silencio.

El residuo que no se disuelve.

Un retraso de medio segundo convertido en desafío.

"Si el espejo se rompe, ¿qué recuerda tu forma?"

No el cuaderno.

No el archivo.

No el pasillo.

A mí.

Solo a mí.

[REGISTRO DE ESPEJO NO AUTORIZADO: TERMINADO]

Restablecimiento de sincronización de deriva: 0,5 s

Reflexión: contenida

Acción tomada: ninguna

FIGURE A
REDACTED ECHO ENTRY

10/09
Am I safe at all anymore?
the corridor glitched, but when I
turned back. she was still [redacted]
It wasn't the first time.
There were years missing
behind her eyes. Like she knew me
but didn't.
Equinox keeps saying the memories
are static" – unreliable.
I went underground.
under them, outside them.
woke up cold, but not like any cold
I've felt before. trying to remember –
the [redacted] kept slipping over
HER? ME?

FIGURE A: *REDACTED ECHO ENTRY*

PUNTO DE RUPTURA

34

Ava Chen

El vaho en el espejo no había vuelto.
Y eso la aterrorizó más que cuando lo había hecho.

Ava estaba sentada en el suelo frío del baño, con las rodillas contra el pecho. El apartamento bullía con una quietud artificial; no paz, sino diseño. Cada borde suavizado, cada sombra calibrada, como si alguien hubiese pulido su vida hasta convertirla en una simulación de confort.

Probó el cuaderno. Las páginas no se abrían: se aferraban como un recuerdo que se niega a ser diseccionado. Sobre la tapa cerrada, parpadeó un texto:

**ERROR RESIDUAL DE ANCLA – LIMPIEZA
INCOMPLETA**

Se le hizo un nudo en la garganta. Buscó su teléfono. El número de Yasmin sonó una vez y, después, nada. Ni siquiera buzón: ausencia.

El espejo le tiró de la mirada.
Sin vaho.
Sin retrasos.
Sin invitación.

Solo su reflejo: perfecto, obediente. Demasiado limpio.

Se acercó. El reflejo parpadeó a tiempo. Pero las sombras del fondo se crisparon, mal, a propósito.

—Muéstramelo —susurró.

Las bombillas del techo zumbaron, destellaron, y todo se convulsionó. La estática onduló sobre el cristal; el espejo vibró como un parche de tambor, y, en un abrir y cerrar de ojos, la habitación cambió.

Su apartamento había desaparecido.

Estaba dentro de su gemelo. Misma disposición, pero con un aroma más antiguo: ozono quemado y lavanda. Un olor que recordaba haber amado, aunque nunca lo había usado allí.

En la encimera: una placa.
Negra. Elegante.

A. Chen – Curador de Equinox – Autorización Nivel 5

La mano le tembló al extenderla.
Junto a la placa, una nota. Su letra, pero incorrecta: trazos más precisos, controlados.

Si estás leyendo esto, la fractura es más profunda de lo pensado. Eres el Eco.
Permanece dentro del marco.
El ancla miente.

El papel se desintegró al tocarlo; los glifos saltaron como chispas y se apagaron en el aire.

Entonces, una voz.
Malik.
Delgada, distorsionada, como un recuerdo estirado sobre la estática.

—Ava… vuelve… no puedes sostenerlo para siempre…

El sonido se volvió ruido blanco.
Luego, silencio.
Luego, regreso.

Su baño real volvió a encajar de golpe, crujiendo a su alrededor, como una piel que no recordaba haberse puesto.

El espejo se empañó. Las palabras aparecieron con pulcritud mecánica, sin mano que las escribiera:

FALLO DE CALIBRACIÓN – CONFLICTO DE VARIANTES
ESTADO DEL ANCLA: DOBLE PRESENCIA DETECTADA
MALIK.TETHER // SEÑAL INTERMITENTE
KALE.YASMIN // INTEGRIDAD DEL PROXY: MARCADA

Se quedó sin aliento. Tropezó hacia atrás; el suelo se inclinó bajo sus pies.

El espejo pulsó.
Una vez.
De nuevo.
Otra vez.

Y, en cada pulso, un susurro le presionó la mente. No lo oyó: lo sintió.

Te quedaste. Pero no estabas sola.

Alzó la mano hacia el cristal.
Frío. Inflexible.

Pero el reflejo no la imitó.
Observó.
Y esperó.

EL ÚLTIMO RECUERDO DE MALIK

35

Malik Ríos

Sabía que se estaba desvaneciendo.

No muriendo.

Aún no.

Sobrescrito.

Como sectores de un disco duro borrados en silencio, su vida se iba línea por línea: la estática lo separaba del carrete.

El pasillo latía en rojo.

No alarma.

Latido.

Su aliento se nubló en un frío sin aire. El tiempo ya no avanzaba: lo orbitaba, halcón a punto de caer.

—Ríos-37 —entonó la voz—. Tranquila. Segura.
La estabilización de memoria ya no es viable.

Se giró despacio. No había altavoz: solo una luz blanca plegándose
sobre sí misma como papel quemado.

—Aún puedes soltar la atadura —dijo la voz—. Acepta el protocolo
de salida. Deriva sin registro.

Malik rió áspero, crudo. No porque fuese gracioso, sino para
demostrar que todavía podía.

—¿Crees que quiero salir sin pelear?

El pasillo se estremeció. La geometría se dobló: paredes
reordenándose como si quisieran escupirlo.

Se llevó la mano al bolsillo. El fragmento seguía allí: una foto en
blanco y negro, esquinas arrugadas. Ava y Caleb en la azotea. Antes de
que Equinox reescribiera la ciudad. Antes de que las ediciones
destrozaran vidas enteras.

Chispa en los dedos. Combustible de memoria. Prohibido.
Pero suyo.

—No eres Curador —regañó la voz—. Nunca fuiste diseñado para
ser ancla.

—No estoy anclando —dijo Malik, firme—. Estoy presenciando. Y
presenciar solo importa si alguien más recuerda lo que vi.

La estática masticó el silencio. La respiración se filtró por las
paredes, cerca, observándolo.

Caminó igual.

El pasillo se resistió. Los círculos se abrieron a su alrededor como
heridas: en uno, Ava gritando; en otro, Yasmin convulsionando en una
silla; en otro, Maps derramando tinta en las manos de Malik en lugar de
sangre.

Se abrió paso entre ellos. Paso a paso.

Al final: un espejo.

No reflectante. Negro. Absorbente.

Malik alzó la foto. Se disolvió en polvo plateado. Pero el recuerdo quedó: cada risa, cada cicatriz, cada rostro.

—Se lo dejo a la Red —susurró—. A Ava. A Maps. Diles que no parpadeé.

El espejo pulsó una vez. Un código se garabateó sobre su superficie:

RÍOS. SOBRESCRITO = FALSO

Sonrió. Pequeña. Real.

Y entró en lo negro.

A lo lejos, fuera del pasillo, algo despertó de golpe.

Un teléfono desechable parpadeó en un estante olvidado.

Un archivo dañado empezó a descifrarse, línea a línea.

Un mensaje se dispersó por los servidores de Yasmin, por los márgenes del cuaderno de Ava, por las páginas de un cuaderno de bocetos.

Elías Morales se encorvó en un banco, el lápiz moviéndose sin permiso: primero la estática; luego, hombros; luego, una sonrisa—la sonrisa de Malik.

Sobre ella aparecieron letras de grafito:

Lo vi venir.

Maps se congeló. El lápiz se le resbaló de los dedos.

El nombre lo golpeó como una cicatriz que vuelve a levantarse.

Malik.

No lo había recordado hasta ahora.

Y ahora ya no podría olvidarlo.

El círculo no se cerró.

Se quebró.

Lo justo.

EL CORREDOR BLANCO

36

Ava Chen

La entrada no estaba oculta.

Ya había sido olvidada.

Una puerta encajada entre una lavandería cerrada y un estudio de artes marciales en ruinas: apenas un error en la memoria de la ciudad. La pintura se desprendía del marco; el metal se enfriaba bajo sus dedos.

No llamó.

No dudó.

Empujó.

Se abrió sin resistencia.

El último texto de Yasmin resonó en su cabeza: *¿Pasillo blanco? Ese es el final del juego: resolución o trampa. Si vas, regístralo.*

Pero Ava ya había elegido. Redhaven latía como una herida. Este era el otro camino. El único que quedaba.

La escalera descendía en zigzag: escalones de hormigón, el aire denso de respiraciones contenidas. Paneles de luz tras las paredes latían débilmente, como pulmones en apuros.

Cada paso, más suave. Cada latido, más fuerte.

Los susurros ascendieron con su bajada: los bocetos de Caleb de puertas plegadas, las advertencias de Maps sobre ediciones de forma de onda, la convicción de Malik: *No te aferres a la culpa. Aférrate a la verdad.*

Al fondo, una segunda puerta. Sin tirador. Sin costura. Cedió cuando se detuvo frente a ella, como si su sola presencia fuese la clave.

Blanco.

No estéril: absoluto.

El pasillo se extendía en ambas direcciones hasta que la distancia misma se rindió. Las paredes brillaban al ritmo de su pulso. Sin ecos. Sin reflejos. Solo reconocimiento.

A su derecha, las letras se fundieron:

ASUNTO: CHEN, AVA // CLASE: ANCLA (SIN RESOLVER).

A su izquierda:

FUSIÓN DE ESPEJOS EN PROGRESO.

Al coger el cuaderno, se deshizo en polvo.

Su ancla, desaparecida.

El pánico le mordió, pero sus pies la llevaron adelante. El pasillo acompañaba su ritmo, ralentizándose cuando ella aminoraba, deteniéndose cuando ella se detenía. Al final, la ausencia se volvió puerta. La cruzó.

Su apartamento. Más luminoso. Demasiado completo.

Libros en orden alfabético —incluso los que nunca tuvo—. Fotos enmarcadas:

- Caleb con traje.
- Malik con el brazo sobre sus hombros.
- Ella misma riendo, sin cicatrices.

Recuerdos que no vivió, pero su cuerpo se tensó como si sí.

Del dormitorio emergió la Ava Variante. Por primera vez, cansada: el esmalte se había resquebrajado.

—Lo lograste —dijo.

—No estaba segura de que lo hicieras —susurró Ava.

—¿Qué es esto?

—Una decisión.

Las paredes se disolvieron y volvieron al blanco.

—¿Crees que me hicieron? —preguntó la Variante.

—¿No lo hicieron?

—Quizá. Pero a veces una copia aprende a transformarse.

—Has estado reemplazándome.

—Preservándote.

Alzó un cuaderno: familiar, pero equivocado. Los glifos latían como venas.

—Una de nosotras se va con el recuerdo. La otra sostiene el espejo.

Ava lo alcanzó.

Le quemó la palma. No era calor: era memoria.

El dolor del primer fallo en el pasillo. La risa de Malik desde una radio rota. Caleb susurrando persistencia entre versiones. Maps dibujando futuros antes de pensarlos.

Dolía. Ella sostuvo.

El desafío de Malik resonó: *No estoy anclando. Estoy presenciando.*

El eco mudo de Maps siguió: *Cada corredor en el que sobrevives es uno que no pueden borrar.*

Los fragmentos se trenzaron.

No solo de ella. De ellos.

Ese era el ancla.

La Ava Variante se atenuó y se desintegró. No fue destruida: regresó.

El pasillo tembló. Una voz —no humana— resonó en la blancura:

BLOQUEO DE ANCLA: CONFIRMADO.

OBSERVADOR CLASE A. CHEN: ESTABILIZADA.

INICIANDO INTEGRACIÓN FINAL.

La luz lo consumió todo. Aclarando. Definitivo.

Cuando abrió los ojos, estaba en casa.

Su apartamento. Inmóvil. El espejo intacto.

El cuaderno había desaparecido.

Pero Ava se recordó. Recordó la risa de Malik, el lápiz de Maps, la persistencia obstinada de Caleb.

Escribió a la cadena: *Anclada. Se acabó, por ahora.*

Las respuestas llegaron en masa: alivio, preguntas, miedo. La red aguantó. Frágil, pero aguantó.

Su reflejo parpadeó con ella.

Por primera vez en semanas.

OUTPUT FEED INI/4.1

STABILIZATION SEQUENCE

SUBJECT: AVA CHEN
CLASS: UNRESOLVED ANCHOR-Class / ΔT-00:00:07

VARIANT PATHWAY

ANCHOR LOCK CONFIRMED

OBSERVER CLASS A.CHEN –STABILIZED

COMMENCING FINAL INTEGRATION

STABILITY: MAINTAINING…

ANALOG SYNC DIFF
+0.001 SEC
+/– OFFSET

ANALYSIS OPERATION
ECHO NOISE: –48.52 dB
SIM STATE: 99.9981% IN PHASE
DEVIATION PROB.: 0.00013%

SIMULATION BARRIER:
CLOSING…

INTERLUDIO: REGISTRO DEL PROTOCOLO INTERNO

Iniciativa Equinox // Rama Mirror – Registro de protocolo interno
Directiva 077-Final
Sujeto: Ava Chen (Clase ancla)
Nivel de acceso: Omega Black
Marca de tiempo: T+00:00:03 del evento de bloqueo de ancla

[INICIO DE TRANSMISIÓN // LIBERACIÓN DE ECO VERIFICADA]
Nombre del proyecto: RESOLUCIÓN DE ECO – PILA DE OBSERVADORES N.º 39
Designación de clase ancla: Ava Chen (variante principal)
Nodo de estabilización: Corredor 14C
Acceso al espejo: cerrado
- Bypass de bloqueo de reflexión: confirmado.
- Inestabilidad del hilo recursivo: resuelta.
- Sangrado de variantes: contención subcrítica.

- Memoria de anclaje alineada: 96,8 % de integridad. Margen de error: 3,2 %.

Análisis de consecuencias

- Malik Ríos: eliminado. Nivel de obsolescencia del hilo 9.

Nota: persisten ecos de anclaje anómalos en el Corredor 12 a pesar del borrado.

- Caleb Chen: archivado en estado fantasma.

Nota: el fantasma reapareció en el Corredor Blanco durante la esclusa del ancla. Origen sin resolver.

- Yasmin Kale: desviación del pronóstico 78,9 %. Clasificada como fuga activa.

Nota: huella de voz detectada en Mirror Layer 7 sin origen de transmisión.

- Elías "Maps" Morales (#8829): estado a la deriva.

Nota: los bocetos aparecen en los registros espejo horas antes de que se manifiesten los corredores.

Se observó inconsistencia de memoria en secuencias previas a la fusión. El sujeto conserva marcadores residuales de variantes borradas. Se proyecta herencia de patrones.

Protocolos de avance

- Zona A-14: no se autorizan más bucles.
- Canal de reflexión: solo observación.
- Ediciones recursivas: bloqueadas por saturación de sangrado.
- Índice de deriva del ancla: estabilizado en 0,00001.

El sujeto Ava Chen representa un evento singular. Contención impredecible.

[Comentario redactado // ID de operador no registrado]

- "Deja que conserve esta victoria."
- "Se la ganó."
- "Pero no confundas singularidad con libertad. Todos los bucles terminan en reflexión."
- "¿Y el espejo? El espejo siempre devuelve la mirada."

[FIN DE LA TRANSMISIÓN]

Ava leyó la filtración en el canal seguro de Yasmin.

Puntos clínicos de su vida reducidos a inventario:

- Malik: eliminado.
- Caleb: fantasma.
- Yasmin: marcada.
- Maps: a la deriva, todavía dibujando corredores.

Equinox lo llamó contención.

Pero la adenda decía lo contrario. La atadura de Malik seguía chispeando. El fantasma de Caleb seguía despertando. La voz de Yasmin seguía filtrándose. Y Maps seguía dibujando.

Cerró el portátil. El apartamento estaba en silencio. Demasiado silencioso.

El espejo al otro lado de la habitación se mantuvo firme.

Luego pulsó.

Una vez.

Dos veces.

Y una tercera, fuera de sincronía.

No era su latido.

Era el de otra persona.

LA COSTURA ENTRE

37

Ava Chen

Su apartamento ya no le parecía suyo.

No porque estuviera destrozado; todo estaba en su sitio. El sofá donde debía. El cepillo de dientes en su taza de cerámica desportillada. La planta inclinada hacia la ventana.

Excepto que anoche se inclinaba a la izquierda. Hoy, a la derecha. La foto enmarcada en la pared ya no era en blanco y negro. El interruptor de la luz estaba al revés.

Cada detalle era pequeño, olvidable por sí solo. Pero juntos susurraban: *Esta no es tu casa. Es una copia.*

Ava permaneció inmóvil en el centro de la sala, temerosa de que el simple movimiento partiera la realidad por la mitad. El aire le presionaba la piel como estática esperando descargarse.

El cuaderno yacía sobre la mesa de centro. Más pesado. Incorrecto. El lomo se curvaba hacia afuera, con las páginas hinchadas como si alguien hubiera rebuscado en él toda la noche. Lo abrió.

Un diagrama se había grabado a fuego en el papel. No dibujado, sino inciso.

Un círculo. Un pasillo. Un pulso.

Su propio nombre en el centro:

AVA CHEN — NODO BLOQUEADO

Debajo, garabateado con tinta roja que no era suya:

ESTO NUNCA SE TRATÓ SOLO DE TI.

Se tambaleó hacia la ventana. La ciudad era demasiado nítida, como si alguien hubiera pulsado *mejorar* un clic de más. Los bordes de los edificios cortaban el cielo. Las sombras caían en líneas rectas, sin dispersión. Ni siquiera el viento sonaba a sí mismo: silbaba en tonos únicos y perfectos, demasiado limpios para ser naturales.

Al otro lado de la calle parpadeaba un viejo cartel publicitario.

El anuncio se cortó.

Apareció texto simple:

¿QUIÉN ERES CUANDO NADIE RECUERDA AL OTRO YO?

A Ava se le hizo un nudo en la garganta. Parpadeó.

El cartel volvió a cambiar:

NO ERES EL ÚNICO.

Luego un tercero:

PERMANECE DENTRO DEL MARCO.

Jadeó, y el anuncio regresó a su estado original: una marca de refresco. Brillante, burbujeante, inofensiva.

Pero el pecho le ardía con un resplandor, como si el mensaje se le hubiera grabado en las costillas.

Necesitaba movimiento. Aire.

Se puso el abrigo, abrió la puerta y salió.

Las calles bullían, pero nadie la miraba. La gente fluía con demasiada pulcritud: los paraguas subían y bajaban en perfecta sincronía, los zapatos golpeaban a intervalos regulares como un metrónomo. Un niño perseguía una pelota roja por la acera, la atrapaba, reía; luego el movimiento se rebobinaba. La pelota rebotaba de nuevo. Reía de nuevo. El mismo tono. La misma respiración.

Un autobús se detuvo en la esquina. Los frenos silbaron. Las puertas se abrieron. Nadie subió. Las puertas se cerraron. El autobús arrancó y, al instante, volvió a aparecer, reiniciándose con el mismo siseo.

A Ava se le puso la piel de gallina. Era la única figura desincronizada en movimiento.

En la acera de enfrente, un hombre gritó por teléfono:

—Ya está dentro, te lo dije. Ya está dentro…

Cinco pasos después, lo repitió.

Y otra vez.

Cada repetición sonaba más delgada, su voz deshilachándose como una grabación que pierde fidelidad. No solo un bucle: un desenredo.

El cuaderno en su bolsillo pulsó tres veces, acompasándose con sus latidos.

Una voz se desplegó en su cabeza, la suya pero no pronunciada:

No todo lo que parece estable es seguro.

Se metió en un callejón y abrió el cuaderno.

Una nueva entrada apareció sin su mano:

REGRESASTE DEMASIADO PRONTO.
LA COSTURA NO ESTABA CERRADA.
UNO DE USTEDES TODAVÍA ESTÁ AHÍ FUERA.

Las palabras cambiaron. La tinta se reorganizó en algo peor:

SI TE QUEDAS, TE CONVIERTES EN ELLA.
SI TE VAS, ELLA SE CONVIERTE EN TI.

El pulso le rugía en los oídos. Arrancó la página, la metió en un cubo de basura oxidado y la encendió con una cerilla. La llama titiló azul, silbó como estática y se apagó. La ceniza flotó; el miedo permaneció anclado.

Regresó a casa.

El espejo junto a la puerta esperaba. Al principio, normal: su propio rostro, sus ojos cansados.

Entonces lo vio.

Una costura. Fina, vertical, como una cremallera casi cerrada. Apenas visible salvo cuando la luz la alcanzaba.

Y, detrás de la costura—

Movimiento.

Una sombra. Nada amenazante. Nada rápida. Solo presente. Como alguien esperando en la habitación contigua, paciente como la gravedad.

Su aliento empañó el cristal.

El reflejo ya no se empañó.

—Aún no —susurró.

La sombra permaneció quieta.

Y entonces, con sincronía perfecta y deliberada…

Su reflejo asintió.

Una sola vez.

Luego se congeló.

La costura seguía allí.

Y Ava entendió que no era solo una fractura en el cristal.

Era una puerta.

Y algo, al otro lado, esperaba a que ella la abriera.

ECOS DESATADOS

38

Yasmin Kale

La cabina de transmisión se sentía más pequeña esta noche. Las paredes se hundían, los paneles de espuma cedían como pulmones colapsando. El micrófono yacía frente a ella, no como herramienta, sino como artefacto: la reliquia de un circuito que ya no confiaba en sí mismo. Incluso el aire olía mal: circuitos quemados, café viejo y el penetrante olor metálico de la estática de tormenta.

La luz roja de **EN EL AIRE** parpadeaba en lo alto. No era constante. No era aleatoria. Era un latido. Su corazón no alcanzaba a seguirlo.

Yasmin se puso los auriculares. Los dedos le temblaban, delatándola. Había manejado consolas antes: centros de inteligencia, salas negras del gobierno donde las señales fantasma se disecaban como cadáveres. Había archivado voces que no deberían haber existido. Pero nunca así. No cuando los fantasmas eran personas que conocía.

Inhaló vapor. Cereza. Esta noche sabía a ceniza.

—Bienvenidos de nuevo a *No me creas, solo mira.* —Su voz sonó más grave que el aire—. Episodio… 95. O quizá 57. O el número que me permitan conservar en este bucle.

Su reflejo en el cristal del estudio se retrasó medio segundo. Lo ignoró.

—Si nos sintonizas después del evento principal, felicidades. Recuerdas lo suficiente para encontrarme. Lo que significa que sigues siendo humano. —Se inclinó hacia el micrófono—. Ava Chen aguantó. Todos lo sentimos. ¿Esa grieta en el aire, como un rayo sin tormenta? Era ella sosteniendo el ancla. Pero las anclas no duran para siempre. No cuando la marea sigue tirando.

La estática estalló, demasiado fuerte; se filtró una risa. No era suya. No era de nadie. Golpeó la consola hasta que el ruido se calmó.

—Están llegando filtraciones —susurró—. No solo civiles. Gente con información privilegiada. Curadores que se fracturan. Analistas que desertan. Uno me envió esto: "El espejo se está agrietando por ambos lados". Piénsalo. Variantes que se filtran… o nosotros reescribiéndolas. ¿Y sabes quién me dio ese archivo? —Hizo una pausa, mano sobre el silenciador—. La operadora R. Vale. La que creó el protocolo de calibración original para Ava.

El nombre pesó como plomo en la cabina.

—Ahora está desaparecida. O la borraron. Pero sus notas se filtraron. Registró sombras en reflejos, ecos de operadores, cosas que el sistema juró que no podían pasar. Y nos dejó pruebas.

Yasmin hojeó los papeles que Vale había sacado a escondidas, bordes ya amarillentos como si hubieran envejecido décadas en días. Leyó en voz baja, clínica:

- La latencia del espejo aumenta cuando los sujetos se niegan a colapsar. El retraso se convierte en desafío.

- La contención es una actuación. Los actores empiezan a improvisar.

- "Si un ancla recuerda dos veces, el segundo recuerdo no le pertenece".

Se le hizo un nudo en la garganta, pero obligó a la voz a seguir. —Vale las escribió. De su puño y letra. Y firmó la última línea con tres letras: **C.A.** O hablaba de Ava… o hablaba de sí misma.

Preparó un clip; la voz rescatada de Malik se desvaneció en el aire, distorsionada, tensa:

Lucha contra la reescritura. Recuerda la atadura.

Se repitió una vez. Dos. Y se disolvió en estática.

—Oyentes, si ven dobles, si oyen ecos, anótenlo. Anclen. Vale lo hizo. Malik lo hizo. Ava lo hace. Porque la siguiente fase no es borrar, es integrar. No quieren que desaparezcamos. Quieren aplastarnos. Amontonarnos. Que nos olvidemos.

La puerta de la cabina crujió.

Giró.

Pasillo vacío.

Pero el aire presionaba. Observado.

Bajó el fader del micrófono. Silencio.

Otra luz parpadeó:

LÍNEA 7 — LLAMADA EN VIVO.

Ella no la había tocado.

—¿Quién llama? —preguntó.

Estática. Luego una voz, en capas, como dos personas hablando con medio pulso de diferencia:

—Ella no es la única ancla.

A Yasmin se le heló la sangre.

—¿Quién es?

Las voces se superpusieron —una masculina, otra femenina—, mezclándose:

—Ya sabes quién es. Ya sabes… lo que viene después.

La línea se cortó con un húmedo *click*.

Le temblaban las manos, pero el entrenamiento la sostuvo. Volvió a subir el fader.

—Soy Yasmin Kale, me despido. —La voz solo se quebró una vez—. Que no te vean. O mejor aún, sé inolvidable.

La luz de **EN EL AIRE** se atenuó.
Su quemador vibró al instante. Rita: *Reunión de red. Nuevo liderazgo en Vale. Traigan pruebas.*

Yasmin guardó el teléfono y salió. La lluvia caía como estática sobre la ciudad: deliberada, codificada.

A media cuadra, se vio reflejada en el escaparate de una tienda oscura.
Parpadeó tarde.
Esta vez, la sonrisa persistió.

No dejó de caminar.

Porque en el susurro de la lluvia oyó a Malik, a Vale, a Ava. Todos decían lo mismo:

Las anclas aguantan. Pero incluso las anclas van a la deriva.

Y Yasmin lo sabía: cuando llegara el momento, los desataría a todos…
…o los ataría para formar algo irreconocible.

Jeremiah Moon

LA SALA DE ESCUCHA

39

Observador desconocido // Designación de clase pasiva: B.45

La habitación no era real.
Pero el audio sí.
La voz de Yasmin se filtraba por un altavoz de baja fidelidad, arrancada de su transmisión, desprovista de metadatos como si la hubiesen robado a mitad de un suspiro. La onda vibraba en la pantalla principal del Observador: viva, errática, temblando como si quisiera escapar.
"…Si ves dobles, si oyes ecos… documéntalo".
El Observador no parpadeó.
Manos juntas. Postura perfecta. Ojos fijos.
Pulsó una tecla.
Repetición.
"…documéntalo".

Otra vez.

Cada ciclo sonaba distinto, astillándose como vidrio que se rompe por nuevas costuras.

El sistema anotó bajo cada reproducción:

- [Sincronización cruzada detectada]
- [Contaminación del bucle: en aumento]
- [Deriva de anclaje: estabilizada — nódulos periféricos inestables]
- [Fuente de señal desconocida — origen: Zona Vale.13/B]

La etiqueta de **Vale** palpitó en rojo.

El Observador hizo una pausa. Ladeó la cabeza. A Vale no se la veía desde el Subnivel 9. Su expediente había sido borrado, su identidad purgada. Y, sin embargo, su huella estaba en todas partes: notas en los registros, código oculto en reflejos. Una traición disfrazada de supervivencia.

Se inclinó y escribió, metódico:

Reproducción autorizada. Fusión pendiente.

Una voz sintética respondió, suave como aceite:

—¿Desea escalar?

El Observador vaciló.

Escribió: **OBservar**.

La onda se detuvo. Pero el silencio no estaba vacío.

En la segunda pantalla, el archivo de **Ava Chen** palpitó:

- **Estado del ancla:** Activo
- **Índice de deriva:** 0,00003
- **Registro de fusión:** Estable
- **Hilos duplicados:** Marcados
- **Presencia de eco:** 1–3 desconocido

Las subcarpetas se abrieron solas. Asomaron nombres, borrados del historial pero vivos en resonancia:

Maps. Malik. Caleb. Zara. Rita. Yasmin. Vale.

Una a una se colapsaron. Vacías.

Excepto la de **Yasmin**, que parpadeó en amarillo, luego en rojo.

Y la de **Vale**.

Su expediente resistió el colapso.

En su lugar, apareció texto en pantalla:

"Dejé la puerta sin llave."

El Observador quedó inmóvil.

Escribió: **TRACE**.

El sistema devolvió:

- [Fallo de rastreo // Operadora Vale — firma fuera de la red confirmada]
- [Marcador residual de ubicación: desconocido // Nodo Archivo de Bocetos Morales]

Vale se había vuelto oscura. Fuera de malla. Pero no desaparecida.

Los altavoces crujieron de nuevo. La voz de Yasmin se quebró a mitad de transmisión:

"…pregunta por Caleb. El verdadero…"

El Observador congeló la señal.

Silencio. Pesado.

Entonces se movió el espejo empotrado en la pared del fondo. Una sola vez. Lo justo.

Una nueva directiva apareció, autorización **Omega**, sellada en la raíz:

DIRECTIVA PRIORITARIA: INICIATIVA ENREDADA — ACTIVAR EQUIPO SILUETA.

OBJETIVO: Investigación Sujeto B — **K.A.L.E.**

SECUNDARIO: Monitorizar la *threadline* de Chen por resonancia de empalme.

LA LÍNEA DE HILO ESTÁ RESPIRANDO.

El Observador no escribió nada. No dijo nada.

La transmisión se reanudó sola. La voz de Yasmin se desvaneció en estática y fue reemplazada por algo más grave. Una resonancia. Una señal dentro de la señal.

No Yasmin.

No Ava.

No humano.

Empezó débil, casi imperceptible. Luego se fue apilando en capas. Como un coro sin bocas.

Como un recuerdo cantado por quienes no deberían existir.

Cada nota llegaba desincronizada, pero juntas formaban una gravedad densa, inquebrantable.

El Observador permaneció inmóvil. La resonancia le oprimía el pecho, vibrándole los huesos, reescribiéndole el latido. El espejo de la pared volvió a estremecerse, como si el cristal intentara respirar.

Nuevas anotaciones desfilaron por los márgenes, sin orden ni verificación:

- [Resonancia colectiva detectada]
- [Formación de coro enredado]
- [Probabilidad de contención: <0,3 %]

La resonancia se ahondó, ahora con sílabas que no eran palabras pero se sentían recordadas. Un idioma de ecos, tallado con olvidos.

Por primera vez, los labios del Observador se movieron.

Un susurro. Las únicas palabras **reales** que la Sala de Escucha oyó jamás:

—Los Enredados han comenzado.

Jeremiah Moon

Y el espejo de la pared parpadeó primero.
Su reflejo sonrió —medio segundo tarde—,
como si ya supiera cómo terminaría el siguiente bucle.

ECO DE MEMORIA
EPÍLOGO

Maps Morales (Fragmento de eco)

Los Maps ya no trazaban calles. Trazaban rostros: superpuestos, como transparencias apiladas hasta que los rasgos se difuminaban en algo nuevo. Aquella noche, bajo la misma lámpara parpadeante junto al límite del distrito Vale, dibujó a Ava. No a la que conoció, sino a la que había anclado. Su mirada era más afilada ahora, la mandíbula encajada contra la corriente, la silueta firme incluso en un mundo que ya no obedecía a los contornos.

El banco crujió al sentarse; no era la Variante, sino su sombra. Lo bastante real para ejercer peso, lo bastante blanda como para ponerlo en duda.

—Sobreviviste —dijo ella, con una voz que sonaba a estática de radio mezclada con respiración.

Él no alzó la vista.

—¿A qué sobreviviste tú? ¿A la edición o al recuerdo?

—A ambas.

Le dejó algo en el regazo: una postal arrugada. En una cara, un dibujo de Caleb; en la otra, blanco. A la luz de la lámpara, unas líneas de grafito latían tenuemente, como si un mapa intentara recordarse a sí mismo.

Luego colocó a su lado un vaso de papel. El vapor se elevó, leve, en la noche húmeda.

—Café —dijo—. Esta vez sin canela.

Él rodeó el vaso con las manos, sorprendido por el calor. Se le escapó una risa áspera, cuarteada.

—Supongo que hasta las anclas olvidan detalles.

—O quizá los ecos los recuerdan demasiado bien —respondió ella, con la mirada suavizada.

Permanecieron en silencio. La ciudad latía a su alrededor. Por primera vez en semanas, la lámpara sobre ellos no parpadeó. Se mantuvo fija, como un ancla en aguas turbulentas.

Se oían pasos: algunos sincopados, otros demasiado uniformes. Ninguno se detenía.

—¿Es cierto que cerraste el circuito? —preguntó por fin Maps.

—Lo anclé. No significa que esté cerrado. Ya están probando los límites.

—¿Y nosotros?

—Somos casos extremos. Fallos. Advertencias.

Él alzó la mirada y la sostuvo.

—¿Y ahora qué?

Guardó la postal en su cuaderno de dibujo.

—Ahora mapeamos las rutas de la memoria. Antes de que lo hagan ellos.

Se levantó y se disolvió en el bullicio de la ciudad.

Maps abrió el cuaderno. En la página en blanco, junto al retrato de Ava, escribió una palabra: **Comenzar**.

La tinta no sangró.

La lámpara no parpadeó.

El espejo —en algún lugar, mirándonos— no se movió.

Pero en la esquina de la página, débil y sin invitación, apareció otra línea, escrita con una letra que no era la suya:

Vale dejó la puerta sin llave.

Maps se quedó inmóvil.

Miró la calle.

No había nadie.

La lámpara siguió firme, pero la página palpitó, viva, susurrando que la guerra de verdad aún no había terminado.

TEASER: LOS ENTRELAZADOS
(EXTRACTO DEL LIBRO 2)

✦ *MUY PRONTO* ✦

PROYECTO ECHO — PROYECCIÓN EN SERIE
Clasificación: Omega-Negro (Pronóstico)
Asunto: "Los Entrelazados" // Observadora-Presentadora: A. Chen

---

Desviación del pronóstico registrada.

Se confirman múltiples instancias de Ava más allá del **bloqueo de ancla**.

El ancla Chen sobrevivió a la recursión del corredor.

Estabilizó el espejo.

Pero la contención falló.

Emergieron hilos residuales.

Sin resolver. **Sin olvidar.**

Fenómenos observados // Indicadores de fase dos

- Variantes que regresan recordando vidas que nunca debieron vivir.
- Pensamientos **fantasmales** en civiles "estables".
- Colapso **del** bucle que amenaza la integridad de la línea temporal.
- La presentadora Chen recibe recuerdos que no vivió.
- Ava duplicada detectada con vector de misión autoseleccionado.

Advertencias entre agentes

- **Maps** Morales: esboza corredores antes de que se manifiesten.
- Yasmin Kale: recuerda eventos nunca experimentados, verificados como exactos.
- Operadora Vale: **presuntamente borrada;** firmas fuera de la red sugieren lo contrario.
- Actividad de espejo: la reflexión inicia **la** observación sin estímulo.

Estado del sistema: inestable.

Umbral de singularidad: **inminente.**

"Si hay más de un ancla, el sistema no elegirá.

Se derrumbará.

Y **Los Entrelazados** decidirán en su lugar".

Te quedaste.

Pero algo más salió a la luz.

Y te recuerda.

Los Entrelazados

EL RUIDO ENTRE

1

Ava Chen

Ava se despertó antes de la alarma.

Eso no era nuevo.

Pero la sensación sí.

Ni miedo. Ni adrenalina.

Un silencio que no pertenecía a la habitación.

Resonaba.

Una estática baja se filtraba por debajo de sus pensamientos, constante, como una señal que siempre hubiera estado ahí y solo se revelara cuando una se detiene.

El cuaderno yacía intacto en la mesita de noche.

Cerrado.

Quieto.

Dos semanas sin moverse.

Y el espejo no había parpadeado ni una sola vez.

Se incorporó despacio.

Los pies rozaron la madera.

El apartamento estaba limpio. Demasiado limpio.

No habitado, sino alisado. Como si alguien hubiera borrado a fondo su vida y dejado una simulación de comodidad.

El té de limón seguía sin abrir en el armario.

La farola de afuera todavía parpadeaba dos veces antes de apagarse.

El mundo estaba… en su mayor parte bien.

Excepto cuando no lo estaba.

Cerca del perchero, una silla frente a la pared.

Esa silla no era suya.

Ava la miró cinco largos segundos, con el pulso pesado en la garganta, sin saber si enfadarse o asustarse.

Parpadeó.

Y ya no estaba.

Se vistió en la oscuridad.

No encendió las luces.

Esperó frente al espejo.

El reflejo coincidió.

Cara a cara.

Aun así, se demoró: contó un compás más, solo para asegurarse.

El teléfono vibró en la cocina.

Yasmin.

No hablaban desde que se cerró el pasillo.

Ava no le había contado del todo lo que había pasado.

Abrió el mensaje.

Yasmin:

¿Alguna vez sientes que recuerdas las cosas en el orden equivocado?

Ava:

Todo el tiempo.

Los puntos suspensivos. Después:

Yasmin:

Tuve un sueño. Salías tú. Solo que no eras tú. Estabas… más callada.
Demasiado callada. Nos estaban entrevistando. Cada vez que hacían una
pregunta, respondías a mis pensamientos antes de que yo los dijera.
Como si un ventrílocuo usara mi memoria para mover tu boca.

Ava se quedó mirando la pantalla. Tecleó:

Ava:

Quedemos.

Yasmin:

Redhaven. 4 p. m. ¿Aún recuerdas dónde es, verdad?

Ava no respondió.

Porque no lo recordaba.

Frente al espejo del pasillo, se colocó un mechón detrás de la oreja.

—Ahora eres el ancla —se susurró.

El reflejo no respondió.

Pero parecía… cansado.

Se fue sin el cuaderno.

A mitad de la cuadra, se dio cuenta. Volvió.

Había desaparecido.

No estaba donde lo había dejado.

Afuera, el aire tenía una dureza equivocada.

Desinfectado.

Como respirar algo fabricado.

Todas las personas con las que se cruzaba le resultaban vagamente familiares.

Como sueños disfrazados de recuerdos.

En Redhaven y 6th, los grafitis habían cambiado.

Donde antes una espiral blanca serpenteaba sobre el ladrillo, alguien había garabateado con marcador negro:

NO ERES LA ÚNICA QUE SE QUEDÓ.

El teléfono vibró de nuevo.

Número desconocido.

Un mensaje:

Lo que dejaste atrás está despertando.

Ava miró a su alrededor.

No había coches.

No había viento.

No había gente.

Solo estática.

Creciente.

En capas.

Le dolían los dientes.

Los huesos vibraron.

Y entonces se rompió el silencio.

Jeremiah Moon

AGRADECIMIENTOS

Escribir Los Invisibles ha sido uno de los viajes creativos más transformadores de mi vida.

Lo que empezó como una especulación —¿y si…?— sobre la falta de vivienda, la identidad y el abandono social se convirtió en algo más hondo: una historia sobre la memoria, el sentido y la inquietante facilidad con que pasamos por alto a los demás… y, a veces, a nosotros mismos.

Para quienes alguna vez se han sentido invisibles: esta historia es para ustedes. Para quienes eligieron recordar, incluso cuando olvidar habría sido más fácil: los veo.

Quiero agradecer a mi familia —en especial a Lanzhi y a Diana— por su paciencia, su aliento y su amor durante las noches, las mañanas y los plazos que a veces se confundían con la vida real.

A mis estudiantes, colegas educadores y veteranos que han caminado a mi lado, dentro y fuera de sistemas estructurados y también en la incertidumbre: su determinación, curiosidad y perspectiva dieron forma a este libro más de lo que imaginan.

Mi agradecimiento especial a las amistades, lectores tempranos y a quienes han acompañado este nuevo viaje como autor, en particular a quienes creyeron en Jeremiah Moon antes de que existiera del todo.

Y a todas las personas detrás de escena —desde las herramientas tecnológicas hasta los aliados editoriales y colaboradores digitales—: ayudaron a traer esta historia a la luz.

Este libro es solo el comienzo.
Me quedé.
Ahora es tu turno de recordar.

Con gratitud,
Jeremiah Moon

EPÍLOGO

Una vez pasé junto a un hombre sentado en la acera, frente a una tienda de donas.

Estaba encorvado, rodeado de bolsas de plástico y de silencio; completamente inmóvil, como si el mundo ya lo hubiera olvidado. En las manos llevaba una docena de donas y una caja de café. Las había comprado para unos agentes inmobiliarios a quienes apenas conocía. Un gesto de cortesía. Networking.

Lo vi apenas un segundo… y seguí caminando.

A mitad de camino hacia el coche, algo me detuvo en seco. No era culpa. Era claridad. Acababa de poner en la balanza a dos personas muy distintas, valorando a un grupo por encima del otro. A mis colegas los consideraba dignos de atención, de afecto, de tiempo. ¿Y a ese hombre? Instintivamente había decidido que era menos. Menos merecedor. Menos humano.

Esa constatación me deshizo.

Di la vuelta, entré de nuevo y compré más donas. Un café recién hecho. Se los entregué sin decir palabra. Él alzó la vista, asintió apenas y se perdió por un callejón, volviéndose invisible otra vez.

Aquel momento nunca me abandonó.

Los Invisibles nació de esa colisión entre el instinto y la convicción. Es una historia ficticia, pero enraizada en algo dolorosamente honesto. La gente desaparece de nuestra conciencia cada día. No por ciencia ficción, sino por la negligencia, el rechazo y las historias que dejamos de contarnos sobre su valor.

Este libro explora qué podría ocurrir si quienes ignoramos son algo más que simplemente olvidados. ¿Y si fueran arrastrados a algo mayor, algo entrelazado con la conciencia, la identidad y la maquinaria del alma humana?

Es un thriller, sí. Un misterio de ciencia ficción. Pero, sobre todo, es un espejo.

Nunca debimos jerarquizar nuestro valor mutuamente. Y, sin embargo, lo hacemos todos los días.
Ojalá esta historia desafíe ese reflejo.

Mira con atención.
Los Invisibles siguen aquí.

—Jeremiah Moon

ACERCA DEL AUTOR

Jeremiah Moon escribe ficción especulativa para quienes ven lo que otros no ven.

Veterano de la Marina, educador y observador de por vida de los sistemas que la mayoría pasa por alto, combina suspenso psicológico, teoría cuántica y misterio social en historias sobre la identidad, la memoria y las fuerzas invisibles que moldean nuestro mundo.

Su serie debut, *Los Invisibles*, explora la delgada línea entre quiénes somos… y quiénes nos dicen que debemos ser.

Cuando no está escribiendo, Jeremiah enseña negocios y tecnología digital en una escuela secundaria de Florida, crea herramientas de aprendizaje empresarial para niños y, de vez en cuando, se queda mirando su reflejo demasiado tiempo, solo para asegurarse de que sigue siendo suyo.

Vive con su familia, su perro rescatado y una creciente sospecha: las mejores historias son las que te obligan a recordar.

APÉNDICE: GLOSARIO DE EQUINOCCIOS

Este glosario reúne definiciones de términos y símbolos clave del marco de la Iniciativa Equinox, extraídos de memorandos, registros y artefactos filtrados. Los conceptos combinan tecnología neuronal cuántica con "curación social". Las entradas están ordenadas alfabéticamente.

Ancla

Individuo o línea temporal estabilizada que resiste sobrescrituras y funciona como punto fijo de realidad. Convierte trauma en refuerzo, reduce la deriva, pero tiende al aislamiento. *Ej.: estado posterior a la fusión de Ava Chen.*

Apilamiento de identidades

Superposición de múltiples líneas temporales/versiones en una sola "imagen" (como capas de edición), que produce identidades aplanadas: eficientes, pero porosas al traspaso. Ataduras emocionales fuertes pueden frenarlo.

Atadura (atar)

Vínculo emocional o sensorial lo bastante potente para resistir la sobrescritura (amor, culpa, memoria-faro). Puede retrasar el colapso o engendrar nuevos bucles; si se rompe, desestabiliza el ancla. *Ej.: la atadura persistente de Malik con Ava.*

Bloqueo de ancla

Evento de elección que rompe el ciclo de bucle y fija una ruta estable (con coste de potenciales no vividos).

Bucle

Ciclo repetitivo de realidad donde las ediciones ponen a prueba la estabilidad. *Bucles recursivos*: patrones que se refuerzan y conducen al colapso.

Corredor Blanco

Nodo de resolución para fusiones: espacio absoluto que desmantela la ilusión. Contrasta con el Corredor Rojo (trampa/origen). *Estabilización*: alinea, pero a costa de posibilidades alternativas.

Curadores

Operadores anónimos tras Equinox; "editan" realidades incómodas. No crean: refinan. Priorizan eficiencia sobre empatía.

Deriva

Erosión gradual de identidad/memoria por interferencia cuántica. Se mide en rangos (p. ej., 0,00031–0,00219). Derivas altas → borrado o reutilización. *Protocolo*: "exento de deriva" para sujetos protegidos.

Eco

Fragmento residual de un yo sobrescrito que persiste en artefactos (p. ej., cuadernos) o apariciones. *Eco-cubo*: archivado total, no recuperable. *Ej.: Tema #8829 (Maps Morales)*.

Enredado

Fenómeno en que variantes coexisten con recuerdos compartidos o en conflicto. A diferencia del sangrado (incidental), el enredo implica resonancia intencional entre líneas temporales. Riesgo sistémico.

Entidad de reflexión

Manifestación en espejos o superficies reflectantes (incluida una "otra" Ava). *Retardo de sincronización*: desfase que delata conflicto (p. ej., 0,5 s). *Ocupante autorizado*: versión aprobada; infracciones → recalibración.

Equipo Silhouette

Unidad de intervención de Equinox activada durante eventos de Enredo. Opera en intersecciones de líneas temporales para contener o eliminar variantes rebeldes; sus apariciones coinciden con bloqueos urbanos de red.

Forma de onda

Metáfora de la estructura editable de la realidad. Los curadores "limpian" comprimiendo el "ruido" (defectos humanos). *Resistencia enredada*: casos como Ava que se agudizan ante ediciones en vez de disolverse.

Iniciativa Equinox

Programa híbrido empresa-gobierno que "optimiza" sociedad mediante reestructuración neuronal (cobertura: NeuroWave). Objetivo real: eliminar "ineficiencias" (falta de vivienda, disidencia, duelo).

Mejoramiento

Eufemismo de Equinox para borrar y reutilizar. Los sujetos "limpiados" vuelven pulidos (p. ej., Dominic Parr como CEO), pero sin los vínculos/resistencias originales. *Fase*: reescritura gradual por vías neuronales.

Reutilizado

Persona "devuelta" tras optimización, muestreada del original. Sobrescritura parcial → fallos; completa → integración pulcra, pero sin "voluntad" (la voz de resistencia).

Sangrado

Fuga involuntaria de recuerdos/rasgos de variantes hacia el yo primario. Se manifiesta como fallos, sueños o anomalías sensoriales; indica fallo de la pila.

Unir (fusión)

Integración de variantes en un único yo (a menudo forzada). Los caminos suelen ser binarios (Sí/No). Fallo → disolución. *Integridad posfusión*: ~96,8 %, con fricción de eco.

Variante

Yo alternativo proveniente de bucles paralelos. *Variantes pícaras*: escapan, se fusionan y resurgen para advertir, reemplazar o desestabilizar. *Ej.: la Ava "pulida" perseguida durante la caza.*

▽//ψ

Marca de agua de Equinox: glifo de ondas fracturadas de entrelazamiento cuántico. Etiqueta elementos o personas para edición; aparece en fallos, formularios o bocetos como precursor de sobrescritura.

Nota: Los términos evolucionan a lo largo de los bucles; úsalos con cautela: las definiciones pueden variar en las secuelas. Para más contexto, ver *Memorandos de Equinox*.

PREGUNTAS PARA DISCUSIÓN

- **Invisibilidad y sociedad**

  La historia de Ava centra a las personas "invisibles": quienes viven en la calle, con trastornos mentales, los olvidados. ¿Cómo refleja la novela esa invisibilización literal en el mundo real? ¿Has presenciado o vivido alguna forma de invisibilidad en tu comunidad?

- **La memoria como resistencia**

  La novela sugiere que la memoria no es solo personal, sino política. ¿Por qué el olvido aparece como forma de control? Habla de un recuerdo que haya forjado tu identidad e imagina qué significaría perderlo.

- **Optimización y ética**

  Equinox "optimiza" a las personas para hacerlas productivas a costa de su autenticidad. ¿De qué maneras la sociedad (redes, algoritmos, presión cultural) impulsa ediciones similares? ¿Dónde está el límite entre autosuperación y autoborrado?

- **Variantes e identidad**

  Ava se enfrenta a versiones más pulidas de sí misma. Si te encontraras con una variante tuya —mejor en unos aspectos, peor en otros—, ¿te fusionarías, te resistirías o huirías? ¿Cómo explora la novela la multiplicidad del yo?

- **El papel de los aliados**

  Malik, Yasmin, Rita y Maps forman una red de resistencia frágil pero vital. ¿Cómo combate la comunidad el aislamiento en la historia? Comparte un ejemplo propio donde alianzas te ayudaron a desafiar o resistir un sistema más amplio.

- **Tecnología y control**

  Equinox combina cómputo cuántico y manipulación neuronal para moldear la realidad. A partir del presente, ¿cómo podría la tecnología "editar" nuestras vidas (vigilancia, algoritmos, sesgos)? ¿Qué salvaguardas serían necesarias para evitar esos derroteros?

- **Anclas emocionales**

  Caleb y Malik funcionan como anclas para Ava. ¿Cuáles son tus anclas —personas, objetos, rituales— que te sostienen en la incertidumbre? ¿Cómo sugiere la novela que perder anclas altera no solo la memoria, sino la identidad?

- **El Corredor Blanco y la elección**

  La decisión de Ava en el Corredor Blanco resuelve su arco, pero deja ecos sin cerrar. ¿Fue empoderadora, trágica o ambas? ¿Cómo prepara el terreno para los conflictos de *Los Enredados*?

- **Símbolos y motivos**

  El símbolo $\nabla//\psi$, las luces parpadeantes, los espejos rotos y los cuadernos reaparecen a lo largo del libro. ¿Qué representan? Elige un motivo y sigue su evolución en el viaje de Ava.

- **La traición y la supervivencia de Vale**

  La Operadora Vale rompe protocolo para preservar fragmentos de verdad. ¿Su traición fue sabotaje, piedad o instinto de supervivencia? ¿Cómo complica su rol la línea entre villana y aliada?

- **Resonancia y el coro**

  Los capítulos finales insinúan algo mayor que los individuos: un "Coro Enredado" de voces y ecos. ¿Qué podría significar la resonancia en el contexto de memoria e identidad? ¿Es esperanzadora, aterradora o ambas?

- **Inspiración del autor y paralelos reales**

  La obra nace de sombras de la falta de vivienda, borrado digital y experiencias vividas del autor. ¿Cómo influye este contexto en tu lectura? ¿Qué problemas del mundo real te impulsa a notar o reexaminar *Los Invisibles*?

Consejos de la guía del lector

- Para **clubes de lectura:** combínalo con artículos sobre personas sin hogar o ética de IA (p. ej., busca "sesgo algorítmico en la sociedad").
- Indicación **de diario:** escribe sobre un "fallo" en tu día —un momento en que la realidad se sintió extraña— y reflexiona por qué te inquietó.
- Extensión **creativa:** crea tu propio "artefacto de eco" (una entrada de cuaderno, un boceto, un fragmento digital) imaginando un yo alternativo.